ハヤカワ文庫JA

〈JA994〉

神狩り

山田正紀

早川書房

6657

目次

神狩り

かつて、神は万物を創造することはできるが論理的法則に背くものだけは創造できない、と語られていたことがある。すなわち非論理的なる世界については、それがどのようなものであるか語ることさえできないのであるから。

——ヴィトゲンシュタイン

プロローグ

それは、薊《あざみ》でなければならなかった。この海岸に根をおろすことのできる植物は、ひごたいさいこ属の薊しかないのである。

が、彼には、その灰青色の小さな葉茎が、どうしても薊に思えないのだ。もしかしたら、ごしあおい……いや、迷迭香《まんねんこう》ということは考えられないだろうか？

考えられないのだ。考えられないことは、彼自身がよく承知している。アイルランド東海岸ギャルウェイ——植物が育つのに決して条件がいいとはいえないこの土地でも、今、彼が睥睨している一帯は、とりわけ土壌が貧しいことで知られているのだ。それが、薊以外の種類であるはずがない……。

そうと知っていて、なぜ俺はあれを薊以外の種類ではないか、と疑うのだろうか？

彼はそう自問した。自問するまでもないことだった。智力が衰え始めているからだ。もしかしたら、精神力が、と言いかえた方がいいかもしれない……俺は戦うことに疲れ始めているのだ。

彼は薊から眼を離した。どうせなにかを見ていなければならないのなら、海を見ている方がまだしもましのように思えた。

薊も、海も、彼の気持ちを暗澹と閉ざすのにはなんの違いもなかった。

冷え冷えとした錆色の海には、わずかな光さえひらめかない。今朝は、どうしたことか漁船一艘通ろうとしないのだ。どんよりと重い空を飛びかっている鷗さえも、魚を見つけることができないのか、あの直下降をいっかな見せようとはしない。

俺は、この土地を愛していたはずなのに……悲しみにうちひしがれて、彼はそう考えた。ケンブリッジ大学を辞職までして、ここにやって来たのは、この地でだったらかれと闘えると思ったからなのに……。

波は後から後から押し寄せてきて、海岸の総縁《ふさべり》に立つ彼の足を濡らしていく。その冷たさが、今の彼には、なにか救いであるかのようにさえ感じられるのだった。

「ヴィトゲンシュタイン先生――」

と、ふいに横手から彼の名が呼ばれた。ゆっくりと振り返る彼の眼に、岩陰から出てくる漁師の姿が映った。毎日、彼の元に牛乳を運んできて、身の回りの世話をしてくれている漁師だった。人の善いこの漁師がいなければ、最も近い村までも一五キロはあるというこの地で、彼は一日として暮らすことはできなかったろう。

「やあ、おはよう」

彼——その難解な著作と、暗鬱な容貌で生きながら半ば伝説的人物になってしまっている哲学者ヴィトゲンシュタインも、この無欲な漁師には、笑いを見せるのだった。

「おはようございます」

と、漁師も挨拶を返して、

「先生、ロンドンから手紙がきています」

一通の手紙を差し出した。

そこに書かれてある名前を見て、ヴィトゲンシュタインの表情《かお》がパッと明るくなった。バートランド・ラッセル——この手紙を、ヴィトゲンシュタインはもう一月《ひとつき》以上も待っていたのである。ひったくるようにして、漁師の手から手紙を受け取ると、

「ありがとう」

顔も上げずにそれだけを言って、開封し始めた。

ヴィトゲンシュタインの奇矯な行為には慣れているのか、別にあきれたような表情も

しないで、漁師はそのまま立ち去っていった。

手紙を読んでいるヴィトゲンシュタインの髪を、海から吹きつけてくる強い風がかき乱している……いや、読んでいるのではない。見ているのだ。その封筒には、ただ一枚のレター・ペーパーしか入っていない。そして、そのレター・ペーパーには、ただ一行の文字が連なっているだけなのだ……。

「俺はこんな手紙を待っていたのではない」

ヴィトゲンシュタインは力のない声でそうつぶやくと、そのレター・ペーパーを風に放した。波打際に落ち、引き込まれるように波に攫われていったそのレター・ペーパーには、こう書かれてあった。

〈私は神を信じない〉

ついに、ラッセルとは相容れることがなく死んでいかねばならないのか……海を見つめるヴィトゲンシュタインの眼には、怒りではなく、哀しみの色が泛《うか》んでいた……ラッセル教授は神を信じない。そう、だからこそ、ラッセルとヴィトゲンシュタインは決別しなければならなかったのだ。

――私は、あなたの『論理哲学論』のなかに、神秘主義の影響を感じます……。

二八年前、ラッセルが寄こした手紙のなかにあったその一節を、ヴィトゲンシュタインは今もまざまざと想い出すことができる。

ラッセルとヴィトゲンシュタインは、トリニティ・カレッジで師弟の関係にあった。だから、ヴィトゲンシュタインの『論理哲学論』が出版されるにあたって、ラッセルが長大な序文を書いて寄こしたのも、ごく単純な師弟愛からだったはずなのだ。

ところが、ヴィトゲンシュタインは、その序文を強く拒否した。その序文のなかで、自分の思想がラッセルの『論理的原子論』の方向に歪められている、と感じたからである——以来二八年、両人《ふたり》はついに顔を合わせることさえなかったのだった……。

だが、今の俺は師ラッセルをこの上もなく必要としている……ヴィトゲンシュタインは頭のなかでそうつぶやいていた。だからこそ、驕慢な自分自身を無理矢理に説きふせて、一通の手紙をラッセルに書かせたのではなかったのか。その返事がこれだ……私は神を信じない——これだけなのだ。

ヴィトゲンシュタインは眼を閉じて、海岸に立ち尽していた。そうしていると、遠くに響いている海鳴りが、まるで誰かのつぶやく呪詛の声のように聞こえる。

呪詛の声こそ、俺には相応しい。

ヴィトゲンシュタインはそう思った。彼は、自分が呪われている、という確信を持っていた。彼の四人の兄のうち、三人までが自殺している……その狂的な血と、彼自身の哲学との両方によって、呪いを受けているのだ。

呪いがそれほど怖いか。

ヴィトゲンシュタインはかっと眼を見開いた。

――語りえぬことについては、沈黙しなくてはならない。

かつてヴィトゲンシュタインが、『論理哲学論』の最後に著した言葉である。だが、今、その語りえぬことについて、語らなければならない時がきたのだ。たとえ、そのために新たな呪いを受けることになろうとも……。

正直、彼独りの手には余る仕事だった。だからこそ、ラッセルの救けを求めたのだが……こうなったからには仕方がない。独りでやるしかないのだ。

やり抜くことができるとは思えない。ここ数年、彼は腹に異物感を感じていた。父親を癌で失い、姉もまた癌によって失いかけている彼にとって、その異物感がなにに由来するものなのかは明白だった。

後三年、もしかしたら二年と保《も》たない生命《いのち》かもしれないのだ――。

だが、これはやらなければならない仕事なのだ……ヴィトゲンシュタインはそう自分に言い聞かせた。俺が挫折することになっても、きっと誰か仕事を受けついでくれる人間が現われるに違いない。

重い雲がちぎれかけて、海にうっすらと陽が差している。

その海を見つめるヴィトゲンシュタインの眼に、ようやく和やかな光が泛び始めていた。

それから三年後の一九五一年四月、ヴィトゲンシュタインは、ケンブリッジで六二年の生涯を閉じた。死因は癌腫であった。

第一部　古代文字

1

暗闇のなかに腐臭が漂い始めていた。

奇妙な話だ。

粘膜にこびりついた花崗砂のためにばかになっているはずのぼくの鼻が、その臭いにだけは、ひどく敏感に反応するのだった。

総てが、ぼくの死を暗示していた。

時おり肩に落ちかかってくる砂のサラサラという音は、ぼくの耳には、死刑執行を刻む音のように聞こえた。そして、右脚の耐えられない痛み――

もうおしまいなのだろうか？

情報工学の天才、三〇にもならない年齢で機械翻訳の権威にまつりあげられているこのぼく——島津圭助が、考古学者まがいのこんな死にかたをしていいものだろうか？

勿論かまわないのだ。

死は、無愛想な確率論信奉者だ。その衣にふれた者は、誰であろうと間違いなく死ぬ。その好例が、今、ぼくの脇に横たわっている。崩れかかってきた岩板に頭を砕かれて、一瞬のうちに無機質になってしまったこの男——名前を、たしか竹村とかいった。ミステリー作家なのだそうだ。いや、だった、と言うべきだろう。確かに、それほど有名な作家ではなかったかもしれない。が、年かっこうから考えて、彼が結婚していた、としても不思議はない。もしかしたら、子供だっていただろう。まだまだ、死ぬ訳にはいかなかったはずだ。それがどうだろう。あっという間に、タンパク質の固まりに化したのだ。

そう、ぼくが死んではいけない理由など、ひとつもない。

ぼくは首を振って、陰鬱な思いを払いのけようとした。マッチをすって、その火を、紙をまるめた松明に移す。今や、酸素はなにより大切なものだが、このまま闇のなかに坐り続けていたら、ぼくは救出されるのを待たず発狂してしまうことだろう。

花崗岩石室が、光のなかにボウと浮かび上がった。石室は六畳ぐらいの広さで、成人がようやく立って歩けるほどの高さしかない。その一方の壁をくりぬいて、六甲に面する花崗岩丘陵まで、隧道が通じていた。いたというのは、崩れ落ちた泥岩が、今はもう隧道を塞いでいるからだ。同じ落盤が、石室の壁を削ぎ落として、その表面に彫られてあった《古代文字》を、完全に消してしまっている。（もっとも、そこに刻まれていたものが《古代文字》である、と主張していたのは死んだ作家氏で、ぼくは、それが文字であるともただの紋様であるとも判じかねているのだが）そして、死体が一個。

まさしく閉所恐怖症患者の見る悪夢だった。

炎が手を焼きそうになり、ぼくは松明を捨てて、靴で踏みにじった。石室のビスケットカラーが残り火にゆらりと揺れて、再び暗黒が戻ってきた。ぼくは膝をかかえて坐り、石室の壁に背をもたせかけた。くじいた右足が、闇になるのを待ちかねたように、ずきずきと痛み始めた。

まったく、不運だったとしか言いようがない。

神戸市の環状道路延長工事のブルドーザーが、隧道を掘りだしたのが、ほんのひと月前のことだった。一ダースあまりの考古学者が、腰をかがめてどうにか通れるぐらいの隧道を抜けて、石室を調査にかかった。この石室は、弥生初期の海岸文化系民族が、なにかの宗教的儀式に使ったものだろう、というのが彼等の結論だった。

ぼくに、たいした興味があるはずがなかった。情報工学と、考古学とでは、分野がかけ離れすぎている。が、その石室の壁になにか文字が彫られているとなると、これはもうぼくの仕事なのだ。

「あれは確かに文字ですよ」

と、学会出席のために神戸市に滞在していたぼくに、電話をかけてきた作家氏は、言ったのだった。「島津さんは、言語学にもお詳しい、とうかがったものですから、なんとか調査していただくわけにはいかないか、と思ってお電話したのですが……」

確かに、ぼくは言語学のエキスパートとしても、かなり有能な人間だ。当然だろう。機械翻訳を研究している人間が、言語学は知りません、では仕事にならない。

とにかく、退屈な学会講演にいいかげんうんざりしていたぼくが、作家氏の依頼にあっさりと応じてしまったのは、ごく自然ななりゆきだった訳だ。

中学の生物教師といった風貌の作家氏と、最寄りの駅で待ち合わせたぼくは、案内されるままに意気揚々とここにやってきた。そして、作家氏の言う《古代文字》を調べにかかったのだった。

ぼくの仕事ぶりを、長い時間、脇に立って見つめていた作家氏が、ボソリと訊いた。

「どうですか？」

「さあ」ぼくは首をひねった。「ここに彫られているものと、似ている文字をちょっと思いだせないんですがね。もしかしたら、ただの紋様かもしれない」

「紋様に見えますか？　これが」

ぼくは、壁一面に細かく刻まれているものを、改めて見直した。作家氏に指摘されるまでもない。どういう訳か、そいつは文字くさいのだった。

考えこんでいるぼくに、作家氏が顔を寄せてきた。

「ちょっと、ヒントをあげましょうか？」

口調が、ガラリと変わっていた。

「ヒント？」

と訊き返すぼくに、作家氏はニヤリと笑って見せた。「ええ。実は、これと同じものが中国の……」

そこまでだった。

突然襲いかかってきた落盤事故が、作家氏の残りの言葉を、奪ってしまったのだ。ぼくは非難されることだろう。ぼくの評判はあまりよくない。いや、かなり悪いとさえ言える、出る杭は打たれる、だ。

どんなことを言われるのか、大体の想像はつく。うぬぼれた若僧が、貴重な遺跡をめちゃめちゃにしたうえ、ひとりの人間を道連れにした——。

道連れ？

冷たいものがぼくの背筋を走った。ぼくは、自分がまるで死んでしまった人間であるかのような言葉を使っている！

恐怖が、素手でぼくの心臓を摑んだらしかった。ぼくは体を丸くして、膝を抱えた。典型的な拒否反応だった。胎児姿勢をとることで、ひたすら現実を否定しようとする——。

どれぐらい、そうしていただろう？

ぼくは、ようやく気をとり直して、顔を上げた。咽喉がからからに渇いていた。皮肉な話だが、肉体的な欲求が、理性の歯止めの役割りを果たしてくれた訳だ。

「確か水筒を持ってきたはずだが……」

とぼくは口にだしてつぶやき、周囲の地面を手探った。ヒヤリと湿った土の感触だけが、ぼくの掌に残った。

どうやら明りが必要なようだった。

限られた酸素をまたもや無駄に費すことになる、という後ろめたい思いが、チラリとぼくの脳裡を掠めた。確かに、それは酸素にとって不公平《アン・フェア》な取り引きだったろう。が、今のぼくにとって、水筒を探すためにマッチを点けるということが、なにか生への積極的な参加を意味するように思えた。

マッチをすった。

だいだい色の光が、はじけるように石室を照らした。

死骸の足元に落ちている水筒を見つけるのに、ものの一秒とはかからなかった。そうだった。石室に入る前に、あの死んだ男に水筒を預けたのを、すっかり忘れていた——。

ぼくはマッチの火を吹き消した。いや、吹き消した、と思った。

だが実際には、そのたよりなげな光は、内側から膨張したように見えた。ぼくの指先で、一本のマッチが、燦々と光を放った。その光のなかで、あらゆるものが、絵画《タブロウ》のように立体感をなくした。

時間が焼きつけられた！

驚いている余裕さえなかった。とてつもなく強烈な光のシャワーに貫かれたぼくは、もう眼だけの存在になっているのだった。

ひとりの男が、ぼくの視界を占めていた。

不可解な話だが、そんな光の氾濫のなかでさえ、その男の姿はシルエットに塗りつぶされることなく、眼鼻だちにいたるまでくっきりと見てとることができた。

日本人ではなかった。

三〇と言われても、五〇だと言われても、うなずけそうな、年齢の見当もつかない男だった。痩せこけてあばらの見える体に、長衣《ローブ》のようなものをまとっている。チョコレート色の髭に縁どられた禁欲的な顔が、なにか猛禽類を思わせた。なにより印象的なのは、その眼の、恐しく深い青さだった——砂漠の民という言葉が、どこからか聞こえてきたような気がした。

ぼくの前に立っているのは、巨大な男《グレイト・マン》なのだった。その男の発散するすさまじいオーラに、ぼくはほとんど悲鳴をあげんばかりだった。

「忘れるのだ」

と彼は言った。その言葉が英語であったことに気づくのは、かなり後の話だ。

「命が惜しければ、《古代文字》を読みとろうなどと考えないことだ」

溶暗《フェイド・アウト》——

ぼくは、なじみ深い暗闇のなかで、呆然と立ちつくしている自分に気がついた。右足の痛みが嘘のように消えていた。全身をずくずくに濡らしている汗が、一瞬のうちに凍るのが分った。

弛緩した筋肉が、ぼくの咽喉から玉つきのように悲鳴をしぼりだした。悲鳴は、弱々しい呻きになって、やがてプツリと途切れた。

受け入れ難い現象に直面した時、人がとりうる最も合理的な反応は、気を失うことだ。判断停止が、理性を崩壊から救うことになる。だから、ぼくが気絶してしまったからといって、臆病者呼ばわりは許さない。

誰にも、だ。

ぼくは、ペーパーバックのスパイ小説に、ぼんやり眼をおとしていた。読んでいるふりをするのさえ、面倒だった。ベッドの脇に立って、ぼくをねめつけている河井良子に比べれば、ペーパーバックのセミヌードの娘の方が、まだしも現実的に思えた。彼女がぼくの婚約者であっても、同じ部屋にいるのが気づまりだ、という事実に変わりはない。

良子がおざなりのように活けてくれた菊の花が、むせるように病室に匂っていた。キーンと張った秋空に大きく開けられた窓から、看護婦たちのバレーボールに興じる声が聞こえてくる。

「なにかして欲しいことある？」

と良子が訊いた。

「ありがとう。なにもない」

ぼくは、ペーパーバックから顔も上げずに、応えた。その実、早く一人にしてくれ、と頭のなかでつぶやいていたのだ。

そう、と彼女はうなずいて、つまらなそうに眼を窓の外へやった。

まったく、ぼくたちはたいしたカップルだった。彼女は、技術工学の大御所、河井啓三の一人娘で、ぼくは情報工学若手ナンバーワンだ。政略結婚もここまで露骨だと、ばかばかしくて反抗する気にもなれない——それに、反抗する理由もなかった。

「静かな所に在るのね。この病院……」

良子は独言のように言った。彼女にしても、たいして好きでもない男の看護など、ねがいさげにしたいだろう。東京にはめずらしい秋日和なのだ。

「ああ」ぼくはうなずいた。「ぼくのことはかまわないから、ドライブでもしてきたらどうだい?」

彼女は、ぼくの言葉が聞こえなかった、とでもいうように、あいかわらず窓の外を眺めていた。父親から、ぼくの看護を、強く言いつかっているのだろう。ぼくはこっそりと溜息をついた。ぼくたちが式を挙げるのは、来月なのだ。

良子の名誉のために言わせてもらうのだが、彼女はひとりの女として見れば、かなり上等の部類に属する方だと思う。大学きっての才媛だったということだし、器量だってまあ悪くない。その気になれば、愛らしくも、やさしくもなれる娘だろう――ただ、ぼくが相手では、一生その気になることはあるまい。

ドアが乱暴にノックされて、ぼくがどうぞと応える前に、河井啓三が部屋に入ってきた。

「どうかね？　体の調子は……」

でっぷりと太った彼の巨体に、部屋が息苦しく感じられた。

「悪いはずないですよ」ぼくはペーパーバックを閉じて、体を起こした。「ぼくは病人じゃないんだから……」

ハッハッ、と河井は体をゆらして笑い、椅子を自分に引き寄せた。

「ま、後遺症ということもあるんだ。この際、精密検査を受けておいた方がいい。こんなことで、日本有数の頭脳がおしゃかになっては泣くにも泣けんからな」

彼は好々爺然とした顔を崩して、なあ、と娘に同意を求めた。良子は、曖昧にうなずいて見せた。

「しかし、君は運がいい。あの石室から助け出されるのが、もう三時間遅れていたら、君は窒息死していた」

ぼくは肩をすくめた。

「もう一週間も前の話ですよ。ぼくは、このとおり、ピンピンしている」

「どうせ長いことじゃない。ゆっくり養生するんだな」

ぼくは、彼が良子にめくばせしたのに、気がついた。

「私、ちょっとお散歩してくるわ」良子が思いついたように言った。「パパ、彼をお願いね」

そのまま部屋を出ていく。河井ファミリーの結束はなにより固いのだった。

「さてと……」

良子が出ていったドアをしばらく見送っていた河井は、ぼくにゆっくりと顔を向けた。その眼はもう笑っていなかった。

「君に、少し不愉快な話を聞かさなければいかんようだ」

あんたがそこに坐っているだけで、充分不愉快だよ、とはぼくは応えなかった。河井啓三は実力者なのだ――。

「なんでしょうか？」

「単刀直入に言わせてもらうが、今、君は非常に微妙な立場にいる」

やっぱりきたか、とぼくは心のなかでうなずいた。こう見えても、ぼくは勘がいい方なのだ。が、勘のいい人間は、往々にして嫌われる。

「おっしゃってることが、よく分りませんが……」

「今度の事故だよ」河井は苛だったように言った。「君は、貴重な遺跡を粗雑にあつかって、復元不能にしたうえに、人間をひとり死なせてしまった」

「不可抗力でした」

「無論、そうだろう」河井は一息言葉を切って、「だが、世間はとかく意地の悪い眼で見たがるものだ……君をねたんでいる人間は、君が思っている以上に多いんだよ」

「ねたんでいる？」

ぼくは、世間知らずの天使のような顔をつくろおうと、努力した。もちろん、成功するはずがなかった。いや、からではないのだ――。

「分っているはずだ」

河井は首を振った。「君は、その年で研究室をひとつ持っている。助教授どまりで、引退する人間が多いS大の工学部で、だ」

「ですが……」

「そうだ。君には実績があった。二〇年もたてば、ノーベル賞をもらってもおかしくない人間だ」

河井は、ぼくの言葉を押しのけるように、声を高めた。ねたんでいる人間が多い、とは笑わせる。彼自身が、ぼくに嫉妬しているのだった。

「君は、私になにを言わせたいのかね？　この世界が、決して実力だけの世界ではない、とまで説明しなければならんのか？」

「いや」ぼくは眼を伏せた。「あまり、お話が思いがけなかったものですから……」

河井は疑わしげに鼻を鳴らして、「それに、君個人の評判のこともある。研究室での君のあだ名を知ってるかね？　暴君《タイラント》だよ」

他人の足をひっぱるしか能のない奴等──常のぼくなら、彼等の陰口など、蠅の羽音ほどにも気にとめなかったろう。が、今度ばかりは、ぼくの方が分が悪いようだった。

「心外ですね」

「心外……か」

河井は、ぐったりと椅子に体を沈めて、ぼくの言葉を繰り返した。そこに込められている揶揄めいた響きが、僅かにぼくを緊張させた。

「私は、S大の工学部をまかせられている。君の未来の舅であるより先に、私は、まずS大工学部の学部長であらねばならんのだ。君がいかに優れた才能を持っていようと、そのために、学部の運営に支障をきたす訳にはいかんのだよ」

「はっきり、おっしゃってください。ぼくにどうしろ、と言われるんですか？」

「言葉に気をつけたまえ」

彼の口調はもの静かだったが、それがかえって、彼のうちでの怒りをよくもの語っていた。ぼくはようやく、河井が実はぼくを嫌いぬいていたことを覚《さと》ったのだった。

「すみません」ぼくは口ごもった。「つい、興奮してしまって……」

「大体、どうして落盤事故など起こしてしまったのかね」

河井は気落ちしたように言った。

「まったく、うかつな話だ。いくら君の評判が悪くても、それだけで、君の学問的業績までが相殺されることはない……だが、スキャンダルが加わったとなると、話は別だ」

「スキャンダル？」

「そうだよ。同行していた素人は死んで、君は生き残った。これがスキャンダルでなくて、いったいなにかね？」

スキャンダルか――なるほど。評判の悪い男は、不運な事故にあったということだけで、罪になる訳だ。彼等が欲しかったのは、ぼくの足をすくうきっかけ、ただそれだけなのだった。

それはそうであるのだが、河井がぼくに言ったうちで、的を射ている言葉もあった。

どうして、落盤事故など起こしてしまったのだろう？　泥岩が崩れてきそうな兆しはまったくなかったし、ぼくたちがつるはしをふるった訳でもない。突然のショック——次の瞬間には、総てがもう手遅れだった。

ある男の姿が、ぼくの脳裡をチラリと掠めた。馬鹿な……今は、幻覚などにかかわっていられる時ではない。

「しばらく、君は研究室から手を引きたまえ。木村君が、君の仕事を受けつぐことになる……長くても、せいぜい一年だよ」

「嫌です」ぼくの声はうわずっていた。「木村なんかに、ぼくの仕事をまかせられると思うんですか？」

「木村なんか、とはどういう意味だ？」

と河井は訊き返した。その細く狭められた眼に、今、冷たい光があふれている。

「機械翻訳は、ある意味では技術《テクニック》です。感触みたいなものを手がかりにして、ハードウェアをだましだましながら先へ進むんですからね」

ぼくは、自分の顔がこわばっているのを感じた。それは、口にすべきことではなかったかもしれない。が、自分の仕事を守るためなら、最低の卑劣漢になるのも辞さない気持ちだった——

「木村は、その点まったくの力量不足です。彼は、経験も充分ではないですし、なによりインスピレーションが――」

「やめたまえ」

河井は、押しつぶれたような声で、ぼくの言葉を遮った。その表情に見えるのは、紛うことなく、ぼくに対する嫌悪だった。

「君は、確かに有能な科学者だ。私は、君の頭脳を誇りにさえ思う……だが、その頭脳の所有者が、どうして君でなければならないのか分らない。君は人間的にはいびつだよ」

河井の声はしだいに高くなっていき、やがて金切り声にちかいものになった。

「少しは、謙虚になることを覚えたまえ」

ぼくは、彼の顔を直視することができなかった。もし、ぼくの眼のうちで燃えているであろうものを、河井に見抜かれたならば、彼は決してぼくを許そうとしないだろう。

「話はこれだけだ」

河井は立ちあがった。

「私の言うことが聞けないようだったら、S大を辞めてもらうことになる」

無意識のうちに、ぼくの指は、シーツをもみしだいていた。指の関節が白い――

「それから、これはプライベートなことだが……」河井は急に声の調子を落として言った。「謹慎しているはずの人間が、式を挙げるのは、ちょっとまずいんじゃないかね」

「破談ですか？」

ぼくには、自分の声がなにかなじみのない、ひどく遠いものに聞こえた。

「いや、延期ということにしようじゃないか」

ぼくはせせら笑いたい思いで、「おまかせします」と応えた。様子を見よう、というところか。釣り上げないまでも、糸だけは垂らしておこうという訳だ——。

「もう、こんな時間か」河井は、わざとのように腕を上げて、時間を確かめた。「悪いが、私は他に寄らなければならんところがあるんで……」

「どうも、ご心配をかけて……」

と頭を下げたぼくの声が、皮肉に響かなかった、とは断言できない。

河井はドアに手をかけて、ぼくを振り返った。

「それから、なくなった竹村氏だが、家族はひとりもいない、ということだ。小説の方も、ここのところ、鳴かず飛ばずという状態だったらしい。ま、一種の変人だね」

一息言葉を切って、

「少しきついことを言いすぎたかもしれんが、みんな君のためを思えばこそだ。そこのところを誤解しないように……」

彼は部屋を出ていった。

ドアが閉まるのと同時に、ぼくの口から、彼を罵倒する言葉が、水のようにほとばしり出てきた。どんなあばずれだろうと、その時のぼくの言葉を聞いたなら、顔を赤らめたことだろう。拳で殴られ続けて、ベッドが悲鳴をあげた。

ぼくのなかで、犬が一匹、自分の尻尾を噛もうとグルグル回っている。尻尾は希望なのだった――そして、犬がそれほど必死になっているのも、かれの生い立ちがあまりに貧しく、暗いものだったからだ。

ぼくを包む雰囲気には、ひどくぎごちないものがあった。ぼくのかつての同僚たち（実質的には、彼等はぼくの部下だった。ぼくの一挙手一投足を、どんなに彼等は真剣に見つめていたことか）が、ぼくの囲りに、半円をえがいて集まっている。

誰ひとり喋ろうとしない。

ぼくは、ぼくの開発した連想電子計算機を改めて見上げた。その表面の鈍色が、ひどくなつかしいものに思えた。

この連想電子計算機は、ある単語に対して他のどんな単語が〝連想〟できるかのリストを備えている。かれは、多義語を選択しなければならない時や、曖昧な構文にぶつかった時、どの単語がより強く結合する可能性があるか、推理することができる。しかも、かれに接続されている大容量記憶装置(ぼくたちは、これを単に〈辞書〉と呼んでいた)には、五カ国の単語が、それぞれ八〇万語から収容されているのだ。

まさに、機械翻訳ナンバーワンだった。

ここまでにするのに、どれだけぼくが苦労したことか……そして、その苦労がこれから報われるという時になって、ぼくは研究室に立ち入るのを禁止されたのだった。

「本当にとんだことだったな。島津」

と木村が言った。その眼に嘲弄するような色がなかったなら、ぼくも彼の言葉にうなずいただろう。

「なに」ぼくは笑った。「休養するのも悪くないさ」

じゃあ、と彼等に片手をあげて、ぼくは研究室を出た。

学期末試験が終った後の大学は、ひどく閑散として見えた。遠くの芝生に、カップルの学生が肩を寄せ合って腰をおろしているのが、奇妙にちぐはぐなものに思えた。

ぼくは校門に向かってゆっくりと歩を進めながら、胸ポケットに入っているものを、背広の上から確かめた。作家氏は、石室の壁をあますところなく、カメラに収めていた

――家族がいないものなら、ぼくがそのフィルムをもらっておいても、べつに不都合はないはずだ。

まだ勝敗はついていない、とぼくは頭のなかでつぶやいた。負け犬になってたまるか、と――

2

眼球の底が、刺されるように痛んだ。

ぼくは手を伸ばして、スライドのスイッチをオフにした。そのまま椅子を立って部屋の明りを点け、バスルームへ入った。

自分の顔を見る。

頬がゲッソリ削げ落ちて、眼が真赤に充血していた。ろくにくしも入れない髪と、伸び放題のぶしょう髭とで、ぼくの顔はひどく小さなものに見えた。

水道のコックをひねり、頭から水を受けた。頭皮が縮んでしまうような冷たさに、ぼくの口から呻き声が洩れた。濡らしたタオルを眼に当てる――それで終りだった。

再び鏡を見る。

「元気かね。相棒」

とぼくは鏡のなかの顔に話しかけ、ウィンクして見せた。なかなか魅力的なフェイスじゃないか。

バスルームを出た。

ほとんど家具らしい家具も置いていないぼくの部屋に、冷蔵庫のモーターだけが不満げに響いていた。その音を子守唄のように聞きながら、ぼくはベッドに身を横たえた。鉛の服を着せられたかのように、体が重く感じられた。

研究室をしめだされてから、もう二カ月がすぎようとしていた。ぼくは、その日々のほとんどを、あの石室の壁に刻まれていたものを研究することで費してきた。

ぼくが、それに、《古代文字》という名をつけたのが、研究者として正しい態度だったとは思えない。それが文字であると断言するには、あまりに積極的なデーターが欠けすぎているからだ。が、なぜかそれが文字でない訳がない、という確信めいたものがあったのだ。そして、文字であるからには、必ず解読できるはずだった。

勢いこんで《古代文字》の解読にとりかかったぼくは、しかし、そのとば《ヽ》く《ヽ》ち《ヽ》でもうつまずいてしまったのだった。と《ヽ》っ《ヽ》か《ヽ》か《ヽ》り《ヽ》が、まるでないのだ。

《古代文字》は（それが文字であるとしての話だが）、ぼくの知っているいかなる文字とも異っていた。

誤解しないでもらいたい。

ぼくが言っているのは、変形規則が異るとか、語形が異るなどということではない。その程度のことで弱音を吐くほど、ぼくはやわな研究者じゃないつもりだ。《古代文字》には、あらゆる文字に共通しているはずの、言語それ自体の普遍的条件が、ごっそり欠落しているのだった。

確かに、世界には様々な個別言語が存在する。が、それら個別言語が、互いにどれだけ違うものに見えようと、そこには共通した規制が働いている。

人間の頭脳だ――。

つまり、人間の頭脳には、言語に存在しうる変形が必ず満足する普遍的条件が、あらかじめ与えられている訳だ。

考えてもみるがいい。

そうでなければ、どうして翻訳などという作業が成立するものか。

ところが、《古代文字》をどういじくってみても、言語の普遍的条件が浮かびあがってこないのだ。そのくせ、それが文字であるという確信だけは、どんどん深まっていく。

ぼくにしても、弱音のひとつも吐きたくなるじゃないか——。

始めのひと月は暗中模索だった。

二ヵ月めに入った時、サンスクリット語を音素より下の単位に分解し、その単位を《古代文字》の方にランダムに当てはめてみてはどうか、とふと思いついた。確とした根拠があった訳ではない……世界の総ての言語の言語音がかなり少数の要素から成り立っている、という理論があったのを思い出し、意味にはどうにも歯がたたないが、音素だったら可能な組み合わせ数もかなり限定されるのではないか、と考えたのが直接の動機だった。

サンスクリット語を選んだのは、まったくの勘だった。

実際、その仕事は、ぼくが持っている卓上電子計算機には荷が重過ぎるようだった。ぼくは、毎晩のように、研究室の連想コンピューターで仕事をしている自分を夢みたものだ。

にもかかわらず、ぼくはある目安を得ることに成功したのだった——それは、要した時間のことを考えれば、あきれるほど微々たる目安だったが、手のつけようもなかった《古代文字》にとっかかりをつくった、ということに間違いはない。

つまり、《古代文字》から、論理記号をピックアップするのに成功したのだ。「そして」とか、「あるいは」とか、「ならば」というあの論理記号を、だ。

まあ、ぼくがコンピューターの専門家で、比較的論理学に明るい、ということがプラスに働いてくれた訳だ。

次にやるのは、ピックアップした論理記号のそれぞれの機能を、その頻出度から類推することだった。キーワードを手に入れた、とぼくは思った。ぼくを蹴落としたつもりでいる奴等の、鼻をあかすことができる、と。

ところが、その仕事にとりかかったぼくの前に、奇妙な事実が立ち塞がったのだった。なにかとてつもない秘密を暗示するような、奇妙な事実が……

電話のベルが、ぼくを長いもの思いから眼覚めさせた。

ぼくはベッドに寝そべったまま、しばらく鳴っている電話を見つめていた。その電話が、良子からかかってきたものだとしたら、すぐにでも鳴り止むはずだった。彼女は、それが義務であるかのように、時おりぼくに電話をかけてよこした。ぼくだって、世間並みの婚約者の礼儀ぐらい、よく心得ているつもりだ。が、今のぼくは、彼女と熱のない会話を交すには、あまりに疲れすぎている。

電話は執拗に鳴り続けている。ぼくは溜息をついて、ベッドを離れた。

受話器を取る。

「島津圭助さんですか？」

若い男の声だった。

「そうですが……」

「私、始めてお電話するのですが、ロジャー・エンタープライズの宣伝部にいる及川という者です」

「及川さん？」

「ええ、実は、島津さんがここしばらく遊んでいらっしゃる、という話をうかがったものですから、こうやってお電話をさしあげた訳なのですが……」

「遊んでいるって――」ぼくの声は僅かに高くなった。「毎月の給料は、きちんとS大から送られてきますよ」

「だが、コンピューターの使用は禁じられている。そうですね？」

「ちょっと待ってくださいよ。あなたはいったい……」

「私どもは、島津さんの今なさっているお仕事に必要な、総ての器材を提供する用意があります。もちろん、アナログコンピューターを含めてです」

「今、ぼくのしている仕事とは、どういう意味だ？」

「詳しいことは、直接会ったうえで、お話しましょう。会社の窓口で、及川に会いたい、とおっしゃっていただければ、話が通じるようにしておきますから」

電話が切れた。ぼくはあきれて、自分の持っている受話器を見つめた。恐しく一方的な電話だった。

ニューヨークに本社を持つ、地味だが着実に利益を伸ばしている外資系商社、というのがロジャー・エンタープライズについて、ぼくの知っている総てだった。もちろん、交渉はまったくない。

ぼくは窓に歩み寄り、カーテンを一気に引き開けた。眼下に、冬の固い陽にいすくめられた、ゴミゴミとした街が開けた。私鉄のターミナルから聞こえてくるアナウンス——。

及川という男の真意がどこにあるにせよ、彼はぼくの泣きどころを見事に掴んだ、と言える。今、自由に使えるコンピューターを手に入れるためなら、ぼくは悪魔にでも身売りすることだろう——

身内に拡がっていく、不吉な予感めいたものがあった。ぼくは、その黒々とした貌《かお》から、眼をそむけた。自分をいつわるほど、たやすいことはないのだった。

その日、乾いた風が街を吹き抜けていた。

車から降りたぼくは、ロジャー・エンタープライズの社屋を見上げた。ガラスと金属の、いかにも新進の商社らしいビルだった。

「及川さんに会いたい」

と受付の女の子に言って、ぼくは自分の名を告げた。通された二階の応接間で、ぼくは一〇分ほど待った。

二本めのタバコに火を点けようとした時、ドアが開いて、ひとりの男が入ってきた。

「お待たせしました。及川です」

長身の、みるからに秀才然とした青年だった。唇のうすい、どことなくものうげな表情をしている。

「島津です」

ぼくは席を立つことさえせずに、ボソリと言った。コーヒーを持ってきてくれ、とインターフォンに向かって言うと、及川はぼくの前に腰をおろした。

「さて、なにからお話ししましょうか？」

と及川は唄うような調子で言った。

「お好きに」

とぼくは応えた。及川が身辺に漂わせているエリートめいた雰囲気が、ぼくのコンプレックスを逆なでした。育ちが違うのだ。

及川は、現在、ぼくが置かれている状況にいたく同情する、と言った。

「あらかじめ断っておくが――」

と、ぼくは応えた。「ぼくは回りくどい話は大嫌いだ。あんたは、ぼくを援助してくれる用意がある、と電話で言った。できれば、話をそこから始めてくれないか？」

「なるほど」

及川は、片頰に皮肉な微笑を浮かべた。ポケットからタバコを取りだし、ぼくに一本を勧めてから、自分も口にくわえた。その間合いをはかっているようなしぐさが、ひどくぼくの癇にさわった。

「島津さんは、噂どおりの方だ」

「どうせ、ろくな噂じゃないだろうがね」

「どうして、どうして――」

と及川は大仰に驚いた表情をして見せた。どこまでも、人を喰った男だった。

「ま、非常に頭の切れる人だ、と」

「本題に入ってくれ」

及川は、それには応えずに、ダークスーツの胸ポケットから、数葉の写真を取りだし、机のうえに並べた。ぼくは息を呑んだ。それは、ぼくだけが持っているはずの、石室の《古代文字》を写した写真だった――

「どうやって、これを？」

「写真屋を選ぶときは、よくよく注意した方がいい」

というのが、彼の返事だった。

ぼくは、改めて及川の端正な顔を見直した。彼は、平然とぼくを見返した。この男は、ぼくが最初考えたように、育ちのいいエリートというだけの男、ではなさそうだった。

「ロジャー・エンタープライズ」ぼくはつぶやいた。「なにをあつかっている会社なんだ？」

「主に女性用品をとりあつかっています」及川は応えた。「おかげさまで、業績はまあまあです」

ぼくは、彼の言葉を断ち切るように、「まだ、名刺をもらっていなかったな」

及川は、ぼくの顔を見つめた。唇の端を曲げるようにして笑う――紙入れから、名刺を取りだした。

「どうも、失礼しました」

〈及川吾朗〉

それだけだった。肩書きも、電話番号も一切印刷されていない——。

「ここの宣伝部にいる、と聞いたがね」

「正確には、一種の嘱託ですよ」

ぼくは席を立った。

「あんたが気に入らない」ぼくは言った。「嘘をついて近づいてくる人間を信用しろ、という方が無理だ」

及川はいささかも動じなかった。彼はゆっくりとその眼を、ぼくに向けた。面白くもないといった口ぶりで、「やくざめいたせりふはやめにした方がいい。学者先生には似合わない」

ぼくたちは、しばらくお互いの眼を見つめ合っていた。なぜだか分らないが、及川は、ぼくが咽喉から手が出るほどコンピューターを欲しがっている、と確信しているようだった。結局、ぼくは彼の要求を呑むしかない、と——

「分った」

ぼくは再び椅子に腰をおろした。ぼくの虚勢も、どうやらそこまでだったらしい。

「だが、話はかけ値なしでやってもらうぜ。ぼくは確かに学者先生かもしれないが、あんたが思っているほど世間知らずではないつもりだ……赤の他人が、好意でぼくの研究を援助してくれる、と考えるほど甘くはない。あんたの狙いは一体なんだい？」

ぼくは、机のうえに並べられた写真を指ではじいた。

「どうやら、この写真に興味をお持ちのようだが、こいつのどこから、甘い汁を吸おうと言うんだ？　宝物の隠し場所でも書かれてあるのかね」

及川は縁なし眼鏡をゆっくりと外して、ありもしない曇りを確かめるように、眼の前にかざした。どこまでしゃべっていいものか、計算しているのだろう。

「宝物ですか」彼は独言のように言った。「島津さんの研究が、一年かかるものか二年かかるものか見当もつかないが、それだけの期間、電子装置《エレクトロニクス》をフルに使って、探し回るほど価値のある宝物があるもんですかね？」

「なんとも言えんな」ぼくは首を振った。「多分、ないだろう……それじゃ、あんたにはどんな見返りがあるんだ？　いや、大体あんた何者なんだ？」

及川は眼鏡をかけ直した。なにごとか決心したように膝をのりだした時、ノックの音が聞こえた。

「入れ」と及川。

ここの女社員だろう。おかしいほど表情を緊張させた若い女が、トレイにコーヒーセットをのせて、部屋に入ってきた。女の、及川を見る眼には、畏敬の色さえあった。コーヒーセットを、ぼくたちの前に置いて、逃げるように部屋を出ていく。

「飲んでください」

及川が、ぼくのカップにコーヒーを注ぎながら、「島津さんみたいに喧嘩ごしじゃ、まとまる話もまとまらない」

「それに、だ」ぼくは駄目押しのように言った。「ぼくがこいつを調べている、と推測することはできても、そのために電子装置《エレクトロニクス》を欲しがっている、とまでは分らないはずだ。素人には、な」

「飲んでください、と言ったんですよ」及川は笑った。「ビジネスの話は、その後だ」

ぼくはコーヒーに口をつけた。ビジネスは後なのだった。そのいがらっぽい味が、ぼくのささくれだった神経を静めるのに、いかほどかの効果はあったようだった。

「コーヒーはいい」

と及川は、ぼくの気持ちを代弁するように言った
「事態の解決にはならなくても、解決の引き伸ばしにはなってくれる」

ぼくは、甘くはない、と言った。が、やはり、学者先生相応に世間知らずなのだった。

及川の言葉に隠されている意味に、気づきもしなかったのだから——。

ぼくはふと気がついて、「君は飲まないのか？」と及川を見た。

突然、うねるような衝撃が、体の内深くから噴き上がってきて、ぼくをゆさぶった。

カップがぼくの手から落ちて、床に割れた。

「失礼」ぼくはつぶやいた。「なにか、体の調子がおかしい……」

視界がぶれた。慌てて焦点を定めようとしたぼくの眼の前に、赤く霞がしぶいた。体がおこりにかかったように慄えだした。ぼくは、懸命に立ち上がろうとした。膝にまったく力が入らない――。

「どうしたんだろう？」

ぼくは照れ隠しに笑ってみせようとした。だが笑いだしたのは、ぼくではなく、及川の方だった。ぼくは、クックッと咽喉を鳴らしながら、笑い続ける及川を、かすむ眼で必死にとらえようとした。

「きさま！」

ぼくはようやく事態を覚ったのだった。

コーヒーだ！

ぼくは、テーブルごしに、及川につかみかかろうとした。彼の白い顔がフッと外《そ》れて、入れ替わりのように、リノリウムの床が視界を覆った。床は、波のようにうねっていた。

ぼくを待ちうけていたのは、闇だった――。

ぼくには分っていた。瞼を開けるだけで、そこにはもう、現実がその猛々しい貌を見せていることを——。長い夢の記憶が、けだるい熱になって、ぼくの体にたゆたっていた。その記憶は、今となっては、ひどく頼りないとりとめのないものだったが、夢見ていた時のぼくにとっては、確かな手ごたえのある現実だったのだ。実に、幸福な夢だった。

ぼくは、観念して瞼を開けた。

つるつるとした感じの天井が、眼に入ってくる。間接照明の白い明りが、部屋を影のないのっぺりとしたものに見せている。小さな部屋だった。窓はひとつもない。

ぼくは体を起こした。

ぼくが寝ていたベッドは、簡素なものではあったが、充分に清潔だった。頭のうえには、複製の名画さえ架けられてある。

確かにそれは、牢獄と呼ぶのがためらわれるような部屋だった。が、睡眠薬を呑まされて、意識のないままに連れてこられた人間を収容する部屋を、他のどんな名で呼んだらいいか、ぼくは知らない――。

及川……

ぼくは、今更のように、胸にたぎり始めた彼への怒りを、やっとの思いで呑み込んだ。はっきりしていることが、ひとつだけあった――今は、冷静なうえにも冷静にならなければならない時だ、ということだ。怒りに我を忘れている余裕はない。が、ぼくが考えている以上に、時間はなかったのだった。

ドアが開いた。

ほとんど反射的に、ベッドから立ち上がったぼくは、ひとりの青年と対峙していた。

黒豹《ブラックパンサー》――。

鞭のようにスリムな体に、ピッタリと身についた黒のタートルネックとスラックス。髪が長い。強靭な意志力を示している眼の輝きと、一文字に結ばれた唇――。

恐しく美しい青年だった。

「ぼくと一緒に来てください」

と彼は言った。ひどく屈託のない声だった。アクセントが微かに日本人と異る、ように思えた。

「及川に会わせろ」ぼくは応えた。「あいつに、言いたいことがある」

「だったら、なおさらぼくと来るべきだ」

青年は笑い顔を見せた。「及川さんのところに、案内するんだから——」

彼はぼくの返事を待たずに、そのままクルリと背を向けて、歩きだした。ぼくは、彼に従った。

長い通路だった。等間隔にともされた白濁した明りが、ぼくに墓場を連想させた。なんの装飾もない通路の両側に、ドアが無表情に並んでいた。やはり窓はひとつもない。そんな兵隊の宿舎に似た通路に、ぼくたちの靴音だけがカーンカーンと空ろに響いた。

つきあたりにドアがあった。

「どうぞ」

とドアを開ける青年の脇をすり抜けて、ぼくは部屋に入った。

灰緑色の命のない眼が、いくつもぼくを正面から見下ろしていた。壁を格子のように区切って、夥《おびただ》しい数のモニターテレビがはめ込まれているのだ。

操作卓を背にして、三人の男が腰をおろしている。そのうちのひとりに、ぼくは声をかけた。

「説明してもらおうか」

その声が、ひどく平静なものに聞こえたのは、実は、モニターテレビの数に圧倒されていたからだった。

「その前に、ひととわたり紹介をすませよう」

と及川は応えた。あいかわらず、乾いた、抑揚のない声だった。

「こちらは、クリス少佐――このプロジェクトの責任者というところだ。それに、佐久間氏――主に、保安の仕事をやってもらっている」

粘土を不細工にこね回してつくったような顎髭の肥満漢が、クリス少佐で、どことなくぬめりとした感じののっぽの中年男が、佐久間氏という訳だった。クリスは尊大に鼻を鳴らし、佐久間はそっぽを向いた――彼等二人に共通していることが、ひとつだけある。絶対に、気を許すべき人間ではない、ということだ。

「それに……」及川は顎をしゃくった。「君を案内してきたのが、宗新義君だ」

振り返ったぼくに、あの美青年が、ニッコリと笑いかけた。

「すてきな仲間だ」ぼくは言った。「ところで、どんな薬をぼくに使った？」

「睡眠薬かね？」

「自白剤のことを、訊いているんだ」

及川は苦笑した。「気がついていたのか」

もちろん、気がついていた。体のこのほてりと、ぼくが見た幸福な夢は、どう考えてもただごとではない——ぼくは、自分を勘のいい人間だ、と言いはしなかったか？

「シロサイピンの変種だよ。副作用はまったくないはずだ」

　及川は、坐れ、とぼくに眼で合図した。ぼくは、丁度モニターテレビを監視するような形で、腰をおろした。

「なにか、役にたつことが聞きだせたかね？」とぼく。

「ああ」及川はうなずいた。「大体は我々が予想していたとおりだった。《古代文字》とは、なかなか面白いネーミングじゃないか。我々も、さっそくその名前を使わせてもらうことにするよ」

「捕虜に親切にすることはない」

　とクリスが、及川の言葉を遮った。鮮やかな日本語だった。が、日本語をうまくあやつる外人というのは、どこかうさん臭い気がするものだ。それが、クリスのような男だとしたら、なおさらのことだ。

「まず《古代文字》のことだが、君は、かなり重要なポイントを摑んだらしいな。君は我々の質問に応えて、ありえない文字だ、とまで言ったんだから……」

　及川は、あっさりとクリスの言葉を無視した。クリスの顔が朱に染まった。彼はなにごとか言いかけて、そのままあきらめたように顔をそむけた。

クリスは誤解しているのだった。

今、役《パート》を割り当てられているのは、及川、ぼく、それに(どんな役《パート》であるのか、想像もつかないのだが)宗の三人なのだ。クリスと、佐久間は単に観客にすぎない。それも、上等な部類に属する、とは言えないようだった。

「君たちは――」ぼくは言った。「一体、なに者なんだ?」

「おやおや、君のことだから、もう勘づいている、と思ったんだがね」

及川は、ひどく楽しそうに応えた。

ぼくは、うんざりとうなずいた。

そうなのだった――多分、CIAか、内閣調査室、そんな関係なのだろう。ひどく月並みだが、他にこれだけの規模を持つ組織、というとちょっと思いつかない――

及川は指をポキポキと鳴らしながら、「大体のことは、聞かせてもらったが、二つばかり確かめておきたいことがある……まず、論理記号のことだが、君は、どうして論理記号が《古代文字》のなかに、二つしか見つからないことを、それほど気にしているのかね?」

ひどいものだった。

ここまで知られてしまったからには、下手に隠しだてしようとするのは、かえって愚かな行為と言うべきだろう。だが、あのこと、、、をどう説明したらよいものか？

「論理記号が二つしか見つからなかった、というのは厳密な表現ではないな。《古代文字》には、二つしか論理記号が存在しない、と言うべきだ」

「二つしか存在しない？　どうして、そんなことがあれだけの文章から分る？」

「いいかね。ぼくがやろうとしていたのは、《古代文字》を翻訳しようとすることではない。あいつを翻訳するのは、事実上、不可能だ。ぼくは、せめて《古代文字》の構造――なんなら、文法と言い換えてもいいが――だけでも、明確にならないものか、と考えた。その結果分ったのは、あの《古代文字》は、構造上二つ以上の論理記号を必要としていないらしい、ということだった」

「それがなんだ、と言うんだ？」

とまたしてもクリスだ。

佐久間が、クリスの言葉に同意するように、その眼を陰険に光らせた。こちらの方が、終始無言なだけに、クリスよりも危険なものを感じさせる――多分、彼等の言う保安とは、人殺しの同義語なのだろう。

「あなたは、論理記号とはどういうものであるか、さえ理解していない」

及川がクリスを見ることさえせずに、ピシャリと言った。「この場は、私にまかせてもらいたい」

ぼくの後ろに立っている宗が微かに笑うのが、聞こえたような気がした。空耳だったかもしれない——。

「論理記号が二つしか存在しない言葉……」

及川はつぶやいた。思い当ることがあったらしく、その頬がこわばっていた。

「次の質問に移ろう」彼は、なにかを振り捨てるように言った。

「君が、石室のなかで会った男だが……」

ぼくが石室で会った男？

ぼくは、及川が言った言葉を、とっさには理解できなかった。黒い水面をかき分けて、ポッカリと浮かんでくる海月のように、ある男のイメージが、ぼくの頭にゆっくりと再構成されていった。その男を認めることは、自分の孤立と弱さを打ち明けることのように、ぼくには思えた。ぼくは幻覚を見るほど、やわな人間ではなかったはずだ——。

「幻覚だった」ぼくは首を振った。「無意味な自己投影にすぎない」

「無意味な自己投影？」

と及川が、尻上がりにぼくの言葉を繰り返した。

「まあ、そう考えたい気持ちも分らんではないが……我々は別の見解をとっているんで

と」

「そう……その男は、確かに石室に現われた、という見解だ。総てが事実だった、と」

「超自然的なものを信じろ、というのか？」

「論理記号を二つしか有しない言葉、というのは自然ですか？」

とぼくの言葉を引き取るようにして言ったのは、及川ではなく、宗だった。「そんな言葉を受け入れることのできたあんたが、いざ自分のこととなると、幻覚としてかたづけたがる」

「及川さんが話しているんだ」

始めて佐久間が口を開いた。まるで爬虫類の呻きだった――

「おめえは黙ってろ」

「話を滑らかに運んでいるだけさ」宗は、面白くないといった口ぶりで、応えた。「自分がろくに口のきき方も知らないからって、ひがむのはみっともないぜ」

佐久間の額に太く血管が浮かんだ。一歩踏み出す――。

「仲間割れは許さん」

及川が、げっそりとした声で言った。彼が仲間を愛しているとは、誰が見ても思わないだろう——ぼくに向き直る。

「君は、その男を見たのだ」彼は念を押すようにぼくに言った。「そいつを、自分の頭によくたたき込んでくれ」

彼は頭を上げて、ぼくの肩ごしに、「やってくれ」と宗に命じた。

ぼくは宗を振り返った。宗は、ドアの脇にとりつけられてある制御板のスイッチを、無雑作にオンに入れた。

モニターテレビに、生命が甦った。

まるで蜂の複眼を透かして見たように、一〇〇人の髭面男が、ぼくたちを見下ろしている。モニターテレビに映っているそれらの顔は、いずれもひどく似通った感じの、外国人なのだった。

が、ぼくの視線は、最初からあるひとつの顔にだけ、吸い寄せられていた。

ショックだった。

「このなかに、君が石室で会った男は、いるかね？」

彼はいた——固く封印されて、もう決して思いだされるはずのなかった男の顔が、具体的な映像となって、そこにあった。

ぼくは、その男を指で差した。

部屋の雰囲気が、一変するのが感じられた。

「やはり、その男か」及川が、かすれた声で言った。

「やはり？」ぼくは及川を振り返った。「この男を知ってるのか？」

及川はそれには応じようとせず、

「明日からでも、うちの研究室で仕事に入ってもらおうか。君も疲れただろう。今晩はゆっくり休むんだな」

あの冷たい声音にもどっていた。

3

ぼくの仕事は、及川が言った〝うちの研究室〟で、その翌朝から継続されることになった。いや継続という言葉を使うのは、適当でないかもしれない。むしろ、開始されたと言うべきだろう。分っていたのは、《古代文字》には、二つの論理記号しかない――ただそれだけなのだから。

少し、整理してみよう。

石室に刻まれていた《古代文字》は、（こんな乱暴な表現が許される、としたらの話だが）薄い文庫本一冊ぐらいの分量にはなる、と思う。つまり、ひとつの言明変数に運ばれている情報量が、恐しく多いのだ。いや、この《古代文字》に関して、情報量という言葉を使うこと自体、多分正確さを欠くことになる。

一体、なんと説明したらいいのだろう？

ぼくがやろうとしているのは、元が集合を語ること、哲学者のヴィトゲンシュタインが言った、あの〝語りえないもの〟を語ろうとすることなのだ。

誤解されるのを承知であえて言ってしまえば、《古代文字》は一種のメタ言語なのだ。

ぼくは、一種の、と表現した。

もってまわった言い方かもしれないが、これもやむをえない。そう、厳密には、《古代文字》はメタ言語ですらない……。

これは、記号論理学の専門家が聞けば、首をかしげそうな説だが、たとえば、実数、実数の集合、実数の集合の集合、というような逐次階型をのぼっていく集合にも、その全体を貫くことが可能な基論理《ベース・ロジック》が存在するのではないだろうか？

その基論理《ベース・ロジック》が発見された時、記号論理学は、ＤＮＡが発見された後の生物学がそうであったように、まったく新しい局面へと分け入っていくことだろう。

案外、基論理《ベース・ロジック》を発見するのは、記号論理学者ではなく、ぼくのような、境界科学に籍を置く者かもしれない……コンピューターの能力の限界が、記号論理学が結局はつき当らざるをえない〝人間の思考の限界〟と合致するとは限らないからだ。

かりに、基論理《ベース・ロジック》というものが存在するとしたら、《古代文字》が、メタ言語としての機能を備えているかどうか、はなはだ疑わしいことになる。つまり、《古代文字》と普通言語との間に、どんな種類の論理であれ、共通しているとは想像し難いのだ。

ぼくが、《古代文字》を一種のメタ言語だと表現したのは、それが、ただ二つの論理記号しか所有していないからだ。

〈メタ言語は、メタ論理の対象として研究される対象言語よりも、より有限的な性格を持たなければならない〉

という原則があるのをご存知だろうか？

世界のあらゆる個別言語が、五つの論理記号を持っていることから、《古代文字》はメタ言語としての条件を満足している――と、まあ考えることはできる。だが、それはそれだけの話で、たんに見かけ上のことにすぎない。

言葉を換えてみよう。

世界のあらゆる個別言語ではなく、人間の脳が、五つの論理記号を持っているのだ、と――

その論理記号は、「そして」、「ならば」、「あるいは」、「でない」、「必然である」の五つであって、それぞれの名称と記号は、連言（∧）、含音（⊃）、選言（∨）、否定（～）、必然性（□）と表わされるのだが、そのうちのどれが欠けても、人間の脳は論理を操ることができないのだ。

ぼくの言いたいことが、分ってもらえただろうか？

ここに、五つの論理記号を持つことでどうにか論理を操ることのできる存在と、二つの論理記号で用足りる存在とがいるとする。両者を橋渡しする基論理《ベース・ロジック》がありうるか？

答えは否《ノン》だ――論理レベルが、あまりにかけ離れすぎている。

こうして、ぼくはひとつの結論に達したのだった。

それがなんであるかは想像もつかないが、《古代文字》を使用していたのは、人間ではありえないという結論に、だ――。

継続にしろ、開始にしろ、とにかく《古代文字》に再びとりくんでから、もう一ヵ月が過ぎようとしていた。人間がひとり、よれよれになるのに、一ヵ月という時間は決して短かすぎはしない。

充分なくらいだ。

確かに、彼等は約束どおり、普及型コンピューター、アナログコンピューター、コンピューター入出力機器などがワンセット揃った部屋と、数人の外国人技術者をヘルパーとして、ぼくに提供してくれた——だが、そのヘルパーたちが、まず悩みの種だった。彼等は、実に呑みこみが悪かったし、貧相な東洋人の下で働くのが屈辱に思えるらしく、次から次にとめまぐるしく入れ替わるのだった。

ある日、ひどく初歩的なミスを犯した男を怒鳴りつけて、そのあげく、あわやとっ組み合いにまで喧嘩がエスカレートしてしまったことがあった。

「止めないか」

とぼくたちに割って入ったのは、佐久間だった。「喧嘩させるために、こんなべらぼうな金を使ってる訳じゃないぜ」

「このイエロー野郎が……」

コンピューターをいじっているより、ウェスタンハットをかぶせて牛を追わせた方が、よく似合いそうな若僧が、なおも喚きたてようとするのを、

「俺もイエローだぜ」

の一言で、佐久間は沈黙させた。唇がまくれあがって、犬歯がむきだしになる。夜道で出会いたくない奴をひとりだけ挙げろ、と言われたら、ぼくはためらうことなく彼の

名を挙げるだろう。まったくその若僧でなくても、心底慄えあがりそうな残忍な笑いだった。若僧に、行け、と顎をしゃくって、佐久間はぼくに向き直った。

「いいかげんにしなよ。先生」彼は言った。「あんたは、とんだトラブルメーカーだ。一体、なんどこの連中といざこざを起こせば、気が済むんだ？　そうそう、技術屋さんのスペアはないんだぜ」

ぼくは、彼の顔から眼をそむけた。所属する権力の強大さを、そのまま自分の強さと信じて疑わない男の厚顔さと、とても真正面から向かい合う気にはなれなかった。この男がイエローの一員なのだから、イエローという言葉が、人を罵倒するのに使われるとしても当然だ、という気がした。

「外出したい」ぼくはかすれた声で言った。「もう、一カ月も地下生活を続けているんだ。ストレスで苛々したって不思議はない」

そう、ぼくがいるのは、ひどく設備が整った地階《ベース・フロア》だった。窓がひとつもないのも、当然だった訳だ。窓のない部屋で眼覚め、窓のない仕事場に出かけ、窓のない部屋に帰ってくる——こんな日常《ルーティン》に、一カ月も耐えられる人間がいたら、お目にかかりたいものだ。

「いいかげんにしな、と言ったんだ」

と言いすてると、彼はクルリと後ろを向いて、そのままぼくから離れていった。

ぼくがこうまで苛だっていたのは、なにより、仕事が事実上ストップしていたからだ。しかも、いきづまりを打開できそうな見込みは、まったくたたないありさまなのだった。

ここで仕事を再開した時には、目先を変えたいこともあって、比較言語学のテーゼを、《古代文字》に適用することを思いついた。正直、音韻をあれ以上どういじくっても、ろくな結果がでるとは思えなかったのだ。

比較言語学のテーゼとは、

〈いくつかの個別言語で、同じ形式が同じ内容を持つことがあるのは、共通の起源を持つからである〉

というものだった。もし、《古代文字》とぼくたちの言語とは論理レベルが違う、というぼくの考えが正しいとしたら、《古代文字》にこのテーゼはあてはまらないはずだった。

そのことを確かめるだけでも、比較言語学からのアプローチには意味がある、とぼくは思った。

今回、ぼくがスケールに使った言葉は、ポリネシア語だった。サンスクリットには飽き飽きした、というのが主な理由だった。

ポリネシア語以外にも、六つばかり古い言語を準備して、ぼくは仕事を開始した。

勿論、比較言語学のテーゼがつけ入る隙など、《古代文字》にあろうはずもなかった。

それがはっきりしただけでも、（逆説的に聞こえるかもしれないが）研究は成功だった、と言えるだろう。

もしも、はっきりしたのが、その点だけであったならば、の話だが——

またしてもコンピューターは、ぼくが予想もしていなかった《古代文字》のありえない構造をはじきだしてきたのだった。それによると、《古代文字》の関係代名詞は、なんと一三重以上に入り組んでいるらしかった。

人間は、関係代名詞が七重以上入り組んだ文章を理解することができない、というのに、だ——

それに加えて、及川からの、三日をおかずの催促の電話がある。

ぼくがやっているのは、《古代文字》の構造をつきとめることであって、それ以上のことを期待されても、ぼくに限らず誰を連れてきても不可能な話だ、と口をすっぱくして説明する。

すると、彼は応えるのだ。

「事情はよく分った。ところで、《古代文字》の翻訳にとりかかれるのは、いつからだね？」

なにもかも熟知しているくせに、けろりとぼくを追いたてにかかるその面憎さには、ある種の爽快感さえ感じた。が、追いたてられる身になれば、そうとばかりも言ってられない。

どうだろう？

ぼくが頭を抱えてしまった、としても無理のない話ではなかったろうか？

ぼくは、しだいに熱にうかされているような鬱状態にのめりこんでいった。極度の疲労と、焦燥感と——それに、自分は、今、汚れた手と握手することで仕事を続けているという罪悪感、とがその原因だった。

毎日が、鳥の羽ばたきのように、あわただしくすぎていった。

すでに、河井啓三の傲慢な顔も、木村の勝ち誇った顔も、ぼくの脳裡から消え失せていた。残されたのは、ひどくざらついた芯《コア》だけだった。憎悪——そう、それだけが、ぼくの唯一のよりどころであり、生きている証しでもあった。

負け犬にだけはなりたくない。

が、《古代文字》は、ぼくのあらゆるアプローチをきっぱりと撥ねのけて、未だ不可解なままぼくの前に在るのだった。

時に、宗が、研究室にブラリと姿を現わすことがある。彼は、ドアの脇の壁に背をもたせて、《古代文字》を相手に悪戦苦闘しているぼくを、ジッと見つめるのだ。

「順調にいってますか?」

と彼が尋ねる。

「出てってくれ」

とぼくが応える。

すると、なにか満足げな様子で、彼は部屋を出ていくのだった。それは、獲物がしだいに罠に追いつめられていくのを楽しむ狩人のイメージを、奇妙にだぶらせる姿だった。

酒を飲むのは許されなかった。

が、女は、定期的にぼくの部屋に送り届けられてきた。毎回、違った女だった。

彼女たちは、どんな種類の女性だったのだろう? みな一様になげやりで、その身辺に荒廃した雰囲気を漂わせていた。

女たちは、セックス以外のものを決してぼくに与えようとはしなかったし、ぼくもまたそれ以上を望む気にはならなかった。ぼくは、なんのテクニックも思いやりもなく、ひたすら女の体をむさぼった。

行為の時、良子の顔が、フッとぼくの脳裡をよぎることがあった。

ちかい将来、彼女とぼくとはやはり一緒になることだろう。が、それは単に、今、ぼくが抱いている女との間にあるような関係が、ひとりの女のうえに定着する、ことを意味するにすぎない――

ぼくは、実は自分がもう長い間激しい孤独感に責めさいなまれていたのだ、という事実に気がついて愕然とした。

慰めはなにもない。

とりあえず、そのやりきれない思いをぶつけることができるのは、眼の前にある肉体だけなのだった。

ことが終った後、女たちは決まって侮蔑するような視線をぼくにくれて、ものも言わずに部屋を出ていった――そして一夜明ければ、ぼくは再び《古代文字》の前に戻らなければならないのだ。

暗い敗北感が、しだいにぼくを内側から犯し始めていた。

《古代文字》はありえない《インポッシブル》文字だ。

及川が電話をかけてくる。宗が研究室を訪ねてくる。佐久間のぼくを見る眼が、しだいに酷薄なものになっていく。

ぼくは、発狂さえ覚悟した。

が、そんなギラギラと脂ぎった神経のおかげで、あの夜、ぼくはその匂いに気がつき、そして、作家氏が死ぬまぎわに言いかけた「中国の……」の、残りの言葉を知ることができたのだった――

良子の夢を見ていた。

彼女は別れ話をもちだし、精神的苦痛の慰謝料がわりに《古代文字》を要求するのだ。ぼくは懸命に首を振り続け、振り続けているうちに眼をさました。

消し忘れたらしく、ナイトランプがうっすらと部屋を照らしていた。微かに、香水の匂いが漂っている。そう、良子が使っているのも、この香水だった。確か、〈夜間飛行〉とかいったっけ――

ぼくはブランケットをはねのけて、とび起きた。

「誰だ!」

ほっそりとした女の影がするりとドアをすり抜けるのが、朦朧とした眼の隅に映った。

バタン、と音をたててドアが閉まる。

ぼくはベッドに上体を起こしたまま、呆然とドアを見つめていた。ドアはドアなのだ。なにも教えてくれはしない。なにか知りたいと思うなら、ベッドから離れ、自分の体を使うしかないのだった。

ぼくはベッドをおりて、パジャマの上からガウンをはおった。

廊下へ出る。

女の姿は、どこにもなかった。ぼくは、なんの確信もないまま、一方に向かって廊下を歩きだした。どちらにしろ、二分の一の確率なのだ。女を見つけることができなければ、逆方向にとって返せばいい――深夜、男の寝室で、香水をつけているような若い女がなにをしていたのか、どうしても知りたかったのだ。いかに、ＣＩＡだか、内閣調査室だかの地階でも、最低のエチケットだけは守られる必要がある。

鬱状態の反動で、前後のみさかいがなくなっていたようだ。ぼくはズンズンと廊下を進んでいき、どこに続いているのかろくに知りもしないアーチ状の通路を、右に折れた。

やはり女はいない。

鼻を鳴らして、更に先へ進もうとしたその時、

「名前はディートリッヒ・ブルトマン。横浜で、外人向けのレストランを経営している。生まれたのはリューベック、三一歳、独身だが、日本人の愛人にバーをやらせている。間違いないな」

と、聞きなじみのある声が、耳に入ってきたのだ。

英語で、極端にエコーがかけられていたが、ぼくが及川の声を聞き違えるはずがなかった。ほとんど反射的に、壁にピッタリ背をつけたぼくは、キョロキョロと周囲を見回して、声がどこから聞こえてきたのか、確かめようとした。

再び、声――ただし、別の声で、

「そう《ヤー》です」

一〇メートルほど先の反対側の壁に、小さな鉄扉があった。鍵のピンが折れてでもいるのか、鉄扉は僅かに開いていた。声は、そこから聞こえてくるようだった。

ドアに歩み寄って、中を覗きこむ。

仄暗い、狭い部屋に、なにものか蠢いていた。

ぼくは必死に眼を凝らして、それがなんであるかを見定めようとした。扉の僅かな隙間からでは、どうにもはっきりとしないのだった。

思いきって、扉を開けようとしたその時、部屋がパッと原色の光に照らしだされた。

赤、紫、だいだい――と、光はめまぐるしくその色を変えていった。光が変化するたびに、まん中に据えつけられた鉄製ベッドに仰臥している外人が、悲鳴をあげ、身もがきをした。逃げだしたいのだが、チェーンで手首と足首を固定されているのだ。

金髪の、体格のいい男だった。

唐突に、光の放射がやんだ。男のすすり泣く声が、薄闇のなかに流れている。吐気がした。

ぼくは、今、拷問の現場を目撃しているのだった。鞭も鳴らず、血の匂いもしないが、これで心理的拷問というのはなかなか効果的なのだ。『ペンタゴン白書』にそう書いてある。

「質問に答えろ、ブルトマン。オデッサ本部から受けとった指令はなんだったんだ？」

と、及川の威圧的な声が響く。

ぼくは首をねじ曲げるようにして、部屋をひとわたり見回した。尋問者の姿は、どこにもなかった。多分、マイクとテレビセットが備えられたどこか別の部屋で、煙草でもくゆらしているのだろう。尋問者の姿を見せないのも、心理的拷問のテクニックのひとつだった。拷問される人間には、自分に苦痛を与える人間を憎む、という支えさえ残されないのだ。

「ブルトマン、オデッサの指令を話せ」

及川の声音が高くなった。

「待ってくれ、言う！　言うから待ってくれ」

金髪の男は、体を弓なりにそらして、ほとんど悲鳴にちかい声で応えた。

「アメリカ人のアーサー・ジャクスンとコンタクトしろ、という指令だった。そして、神戸市の石室に彫られた文字を、なんとしてでもコピーにとれ、と……」

「ジャクスンの顔は知ってるのか？」

「写真を、受けとった」

「よし……よく見ろ、この男だな」

金髪の男は、顎をつきだすようにして、天井に眼を向けた。ぼくもまた、腰をかがめて、扉の間から天井を見上げた——あの男だった。石室でぼくを驚かしたあの男が、天井にとりつけられているスクリーンいっぱいに、巨大な顔を見せている。

「そう《ヤー》だ」

なるほど、とぼくもうなずいた。彼の名前は、アーサー・ジャクスン、アメリカ人という訳か——。

「オデッサは、ジャクスンのことについて、どの程度知っている？」

オデッサ？

ぼくは首をひねった。なんだったろう、どうやら組織の名らしいが、どこかで聞いたような気がする……。

頭の奥をなぐりつけられた思いだった。

拷問されているのは、ドイツ人じゃないか。ドイツのオデッサといえば、むろんナチス親衛隊《SS》の特殊機関のことだ。あの悪名高い殺人機関オデッサのことなのだ。

「本部が、ジャクスンのことをどれだけ知っているかは、私にも分らない……オデッサの指導者たちの顔さえ知らないのだ」

金髪の男が、弁解じみた口調で応える。嘘をついていると思われるのを、なにより怖れていた。

「おまえ自身はどうなんだ？ おまえの知っている範囲でいいから、ジャクスンのことを話してみろ」

沈黙——。

ぼくは、その沈黙さえ聞きのがすまいと、一心に扉に体をはりつかせていた。できれば、部屋にとびこんで、ぼく自身で拷問しても、ジャクスンという男のことを聞きだしたいぐらいだった。

「……五五年まで、バージニアで牧師をしていた男だ。アメリカ海軍と、ウェスチングハウス社とが行なった原子力潜水艦ノーチラス号でのテレパシー実験の際、被験者のひとりとして迎えられた……特に、精神感応《テレパシー》と、透視《クレアボヤンス》の実験に驚くべき成果をあげた、と伝えられている。だが、好成績に気をよくした軍当局が、本腰をいれて、生物学的無線通信の開発にのりだそうとした時には、もうジャクスンはどこかへ失踪していた」

オデッサの次には、精神感応《テレパシー》ときた。これでは、まるで極彩色のアメリカンコミックの世界だ――が、ジャクスンという男が、霊感能力の持ち主だとしたら、石室でのあの超自然的な出現もなんとか説明がつくのではないだろうか？

「その後の彼の足どりは、まったく分っていない……オデッサが彼と遭遇したのは、ほんの一年前のことだった」

金髪の男は、ドイツなまりの、極端にアクセントのついた英語で話を続ける。

「第三帝国が残した神話は数多い。総統生存説など、その最もポピュラーなものだろう……その神話のひとつに、『神仙石壁記』というものがある。もともとは、BC一世紀の中国、漢の文帝の時代に、鄭隠《てぃいん》という仙人が編纂した仙術の教典だそうだが……神話は、その中の〝碑読の法〟という章に関するもので、内容はこういうものだった……」

金髪の男は言葉を切って、ぼんやりとした眼で天井を見つめた。部屋は、暗くて寒く、彼を助けようという人間はひとりもいないのだった――。

「どうした？　先を話せ」

及川の声が、長距離電話のように響く。

「……ヒトラー総統は、占星術を信じておられた。専用の占星術師を、ひとりかかえていたぐらいだ——だから、〃碑読の法〃に書かれてある奇妙な文字に、総統が興味を持たれたことがあった、としても不思議はない。〃碑読の法〃の内容は、ほとんどが子供だましのアナグラムだったが、四〇行にわたって奇妙な文字が書かれてあった。鄭隠の注によると、その文字を解読できた者は、世界を手中に収めることができる、というのだ」

　ぼくは、急に酒が飲みたくなった。なにもかも忘れて、飲んだくれてベッドに入るのだ——ヒトラー神話を語っているこのドイツ人は、ぼくとたいして年齢が違わない。ナチスの、戦後派だった。

「戦況が思わしくなくなってきた頃には、総統は八方に手を伸ばして、その奇妙な文字を解読させようとしていた。ゲットーから徴集されたユダヤ人の言語学者が、それこそ死にものぐるいに、〃碑読の法〃にアタックしていた。が、手遅れだった……『神仙石壁記』は、第三帝国が没落した日、ひとつかみの灰に化した」

「我々は、そうは考えていない。『神仙石壁記』は、多くの略奪された財産と共に、オデッサによって、事前に国外へ持ちだされた」

「神話ではそうなっている。しかし、事実は、今、私が話したとおりなのだ。『神仙石壁記』は消滅した。そうでなければ、オデッサがどうしてこれほど必死になって、あの文字を追う訳がある？」

及川は、しばらく返事をしなかった。彼は、総てを熟知しているはずだったのだ。やがて、不承不承に、

「なるほど、すじが通っているな……よし、『神仙石壁記』は灰になった。そして、オデッサが、戦犯たちを南米に逃がすかたわら、総統の意志をつごうと、その文字がどこかに残存していないか、探索を続けた……それで、どうだった？」

「なかった」

金髪の男は、空ろな声で応えた。「大体、総統がどうやって『神仙石壁記』を入手できたのかさえ、よく分らないのだ。多分、総統の手にあったのがオリジナルで、写本ひとつ残されていなかったのだろう。総統も、コピーをつくろうとはしなかった……」

「ジャクスンのことを、話していたんだったな。覚えてるかね？」

及川の声は氷のように冷たかった。

「一九七三年の、夏だった」金髪の男は言った。「スペインの大西洋岸沖で、アトランティスの遺跡が発見された、というニュースが世界に報じられたのは……」

「ジャクスンのことを、訊いているんだ」

「だから、話している！」

男は、金髪をふり乱して、叫び声のように応えた。傷つけられて、ギリギリの淵に立たされた男のあげる、呪詛の声だった。

「疲れてるんだよ……こんなことは、さっさとかたづけちまって、ゆっくりと休みたいんだ」

ぜいぜいと喘ぐ声が、しばらく続いて、

「いままでのアトランティス騒ぎが、いつもそうだったように、スペインの遺跡話も、結局は尻つぼみに終った……チームに加わっていたフロッグマンのひとりが、あれはただのデマだった、と通信社の記者にもらしちまったんだ。騒がしいだけの、一幕芝居だ……だが、海底の珊瑚泥質帯から、一枚の巨大な石板が発掘されたのは、事実だった。それを、アトランティスの遺跡だと発表してしまったのは、ああいったプライベートなチームにありがちのはったりだった」

「……その石板に、オデッサが探していた、〝碑読の法〟に書かれてあった文字と、同じものが彫られていた、という訳だな？」

金髪の男は、短い、病的な笑いをあげた。

「とぼけなさんな。あんたたちも、知っているはずだぜ。こちらの組織の人間が、CIAと接触した、とぼやいていたそうだ。もう少しで、スペインでキャッチボールをするところだった、となー…血を見ないですんだのは、かんじんの石板が、あっさりとチームの手から盗まれてしまったからだ」

「ジャクスンに、か？」

「ああ、ジャクスンに、だ」

ぼくは唇をなめた。もう、まる一昼夜、ここに立っていたような気分だった。なにもかもはっきりしたようでいて、その実、なにひとつ分ったことはないのだ——

「石板を運びだしたトラックの運転手が、死体になって海に浮かんだのが、盗まれてから一週間後のことだった。こなごなに砕かれた石板が発見されたのが、その翌日だ……CIAも、オデッサも、これじゃ手の打ちようがない。ジャクスンの名が、警察の捜査線上に浮かんだのは……」

お昼の、連続ドラマだった。いつでも、いいところまでくると、番組が終るのだ。

「そんなところで、なにをやってるんです？」

と、背後からかかった声に、ギクリとぼくは振りかえった。

宗、だった。

ぼくの体ごしに手を伸ばして、扉を押す。

カチリと鍵が鳴り、金髪の男の声は、もう鉄扉のはるかむこうに押しやられているのだった――

「迷ったんですか？　部屋まで、送りましょう」宗は言った。「かぜでもひかれると、ことだ」

ぼくは舌のさきにからいものを感じた。気の小さい覗き屋のように、とびあがって驚いた自分が、ひどく腹だたしかった。

「俺の部屋に、女がいた」

と、ぼくは言った。「香水をつけた女だ。シャイな性格らしくて、俺が眼を開けたとたんに、部屋をとびだしていった……」

宗は、その美しい顔に、フッとからかうような色を浮かべて、

「それで？」

と、訊いてきた。ぼくは、その口ぶりが、気にいらなかった――

「なんとかおつきあいねがえないものか、と思ってね」

それには応えようとせず、宗は腕を伸ばして、ぼくの肩を摑んだ。ぼくの顔を、正面から覗きこむ。

「そんなことより……」ゆっくりと、彼は言った。「そろそろ、ここを出る準備を始めた方がいい。いいかげん、ここにも飽きたんじゃないかね？」

気圧されて、ぼくは口ごもった。「出るって——俺は、ここを出ていけるのか?」

宗は短く笑った。つき放すようにして、ぼくの体を押す。

「部屋に帰るんだ。島津さん。無事に、自分の足で歩いて、ここを出ていきたかったら、な」

ぼくは、二、三歩後ろによろめいて、宗の顔を見つめた。宗は、無表情な眼で、ぼくを見返した。ギリシァ彫像のように、整った顔だった。ギリシァ彫像のように、なにもしゃべろうとはしないのだ——

ぼくは彼に背を向けて、しょんぼりと歩きだした。

作家氏が言いかけた「中国の……」に続く言葉は、多分、『神仙石壁記』だったのだろう。石室に現われた男は、アーサー・ジャクスンという名で、五五年までバージニアで牧師をしていた、という……これらの断片をつなぎあわせたところで、どうせろくなモザイク絵にはならないのだ。ぼくは、その絵を、見たいとは思わない——

4

ぼくが再び自由の身になったのは、その奇妙な夜の、翌々日のことだった。

「領収書を書いていただく必要はありません。税金のつかない、本物の臨時収入です」

及川は、デスクに置いた小切手を、ぼくに押しやりながら、そう言った。

額面は、五〇万になっていた――

「いらんよ」ぼくは応えた。「俺は、誘拐されたんだ。雇われた訳じゃない」

及川は、面白そうに、小切手から眼をそむけるぼくを見つめた。軽く、咳ばらいをして、

「ま、腹をたてるのも分らんでもないが……こちらの経理の都合もあるんでね。これは、黙って受けとってもらえないだろうか？」

ぼくは窓に眼をやった。窓にはブラインドがおりていたが、そこからさしこんでくるのは、確かに陽の光だった――怖いものは、もうなにもないのだった。

「経理の都合だと……俺は、ここへ連れてこられるのに、都合を聞かれた覚えはないぜ」

「だが、ロジャー・エンタープライズへはやってきた。自分の意志でね」

「待てよ。あれは……」

「誤解しないでもらいたい。君に、ここへ来てもらったのは、ひとつは君を保護するた

めだったんだ」

「保護？　誰からかね」

「君が研究している《古代文字》に、興味を持っている連中からさ」

オデッサからだ、とぼくは考えた。ジャクスンだったかもしれない――

「冗談はやめてくれ」ぼくは鼻を鳴らした。「俺には、君たちが一番危険に見える」

及川は首を振って見せて、

「確かに、我々は諜報関係の仕事をしている。だが、テレビのスパイごっこをやっている訳じゃない。タフな殺人局員もいなければ、ブロンドの女スパイもいない……非公開情報がほしければ、いつだって偵察衛星が働いてくれるんだよ。我々の主な仕事は、公開情報をできるだけたくさん入手して、コンピューターにかけることだ。規模さえ考えなければ、やってることは、民間の市場調査と変わりがない。たんなるビジネスだよ。我々が危険な存在であるというのは、大衆のロマンチックな願望にすぎない」

なんのくったくもない声だった。今日の及川は、ストライプの上着に、ブルーのカラーシャツというラフな服装だった。眼鏡にも、微かに色がついている――だが、ぼくは、彼のさわやかな口調も、趣味のいい服装も信じない。二日前の夜、ぼくが目撃した情景は、夢ではないのだ――。

「とにかく、その金は受けとれない」

ぼくは立ちあがった。

「こんどのことに関しては、俺は完全に被害者だ。そいつを忘れたくない」

そんな風に、額面五〇万の小切手を鼻であしらうのは、かなり気分のいいものだった。

できれば、及川にたたきつけてやりたいぐらいだった。

及川は溜息をついた。「それでは、君の口座に振りこんでおこう。税金の対象になるが、ね」

「好きにするさ」

とドアに向かって歩きかけるぼくを、

「忘れものだよ」

と及川が呼び止めた。振りかえるぼくに、及川はぶ厚いファイルを、かざして見せた。

それには、《古代文字》のデータが総て記載されているのだ。

忘れたのではない。故意に、部屋に置いてきたのだった。

ぼくが、今のような満身創痍という状態になってしまったのも、総て《古代文字》に原因があるのだ。もう見たくもない、という気持ちになって、当然だったろう——。

ぼくは反射的に首を振りかけて、

「そうだな」

とつぶやいていた。自分でも、なにがそうなのか、はっきりとしなかった。

結局、ぼくの指はファイルを摑んでいた。それが、理解できないものがこの世に存在するのを許せないほど肥大してしまったぼくの自我《エゴ》のせいなのか、それとも、生命《いのち》をもたない《古代文字》に向けて集中しているぼくの憎悪のせいなのか——ぼく自身にも、判断のつかないことだった。

話はすんだ、というように書類に眼をおとす及川を残して、ぼくは部屋を出た。

及川の事務所は、モルタルの、二階建てのビルのなかにあった。同じようなビルがいくつか並んで、コの字型をつくっている。その、両翼をビルで囲まれているあたりから、玉つき台のような芝生が始まり、扇形に展がっていた。芝生は、遠くにつらなる有刺鉄線まで伸びている。点在するカマボコ兵舎と、英語が書かれた白い表示板——有刺鉄線を越えたその先には、灰色の帯《ベルト》が長く続いている。今、その帯《ベルト》を、陽光にきらめく鋭角な物体が走っている。キーン、と鼓膜をこする音を残して、ジェット機は飛びたっていった。

地下研究室は、ちょうどあの滑走路の下ぐらいになる。ぼくは、米軍ベースキャンプの中で働いていたのだった——

なんということもない溜息をついて、歩きかけたぼくの耳に、短いクラクションの音が聞こえてきた。振りかえって道を開けたぼくの脇に、一台のブルーバードがゆっくりと入ってきて、ピタリと停まった。

サイドから首をだした男を、ぼくは舌うちしたい思いで見つめた。

「乗らないか」

陽光がまぶしいのか、眼を細めて、宗は声をかけた。

「いや、歩いていく」

「ここから、東京は遠いよ」

「タクシーに乗るさ」

「そうじゃないね……島津さんは、俺の車に乗るんだ」

ぼくは宗にかまわず、はるか遠くに見えるゲートに向かって歩きだした。車も、ぼくをピッタリとマークしながら、のろのろと動きだす。

「こんな尻切れとんぼの形で、《古代文字》から手を引いて、それで島津さんは気が済むのかね？」

「手を引くとは言っていない……だが、誰かに拘束されながら仕事をするのは、もうまっぴらだ」

「拘束なしで、まったく自由に電子装置《エレクトロニクス》を使えるとしたら、どうだ?」

「おいしい話にはうんざりだ。うっかりとびつくと、また眠り薬をもられる」

「話だけでも聞いたらどうだ? 島津さんの自由を束縛するようなまねは、絶対にしないと約束する」

ぼくは足をとめた。宗が言った、約束する、という言葉に、いささかむかっ腹をたてたのだ。

「一体、どういうつもりなんだ」ぼくは声を荒らげた。「誘拐同様に連れてきたかと思うと、訳も話さず出ていけと言う。出ていくと、脇から車がすり寄ってきて、仕事の話をもちかけてくる——俺を、ばかにしているのか」

「そうじゃない」

宗は微笑を浮かべた。「島津さんは、混乱しているんだ……俺は、及川の仲間じゃない。別のグループに属しているんだ」

「君が、どんなグループに属していようと、俺の知ったことじゃない。どのみち、同じ臭いをさせているんだ」

「臭いといえば……」宗はけろりとした顔で言った。「香水をつけた女に、会いたいとは思わんかね?」

「女に？」

虚をつかれた感じで、ぼくはとっさに次の句がつげなかった。

「そうだ。それに、死んだ竹村のことも説明したい」

宗はドアを開けて、

「仕事をたのむからには、なにもかもうちあけるつもりでいる。引き受けるかどうかは、その上で島津さんが決めることだ。いやだったら、ノーと言えばすむ……決して、無理じいはしないよ」

うながすように、ぼくの顔を見る。

ぼくは、それほど若くはない。壁めがけて、頭からつっこんでいくようなまねは、いいかげんに慎むべきだ。だが、崩れる壁だってあるだろう、とつい考えてしまうのが、ぼくの悪い癖だった。

ぼくは、無言のまま、車のシートに体を滑りこませた。

ドアを閉める。

宗はニヤリと笑うと、ギアをいれて、車を発進させた。ブルーバードは、その古びたボディからは想像もつかないようなシャープな出足で、芝生を一直線に横切っていった。

芝生が痛めばいい、とぼくは考えた。芝生を管理しているのが、あの及川だったら、なおさらいいのだが――。

伊勢佐木町――。

歓楽街も外れに近い一角に、宗は、ブルーバードを乗り入れた。間口の狭い、二階建てのクラブのすぐ前に、停車する。両側に続いている同種の店に比べると、いかにも地味なつくりで、それがかえってそのクラブを際だたせていた。木目の鮮やかな扉に、黒文字で〈理亜《ユリア》〉と店名が刻まれていた。

「ここか？」

ぼくは、車からおりながら、そう訊いた。

「ここだ」

と宗は短く応えて、扉脇にとりつけられているインターフォンのスイッチを押した。

しばらく間があって、「どなた？」と女の声が聞こえてきた。

「宗」

と彼が名を告げるのと、扉のロックが外れる音がするのが、ほとんど同時だった。リモコン・ロックだった。

ぼくたちは中に入った。

間口の狭さから考えると、想像もつかないぐらいの奥ゆきがあった。テーブルの数はごく少く、互いのスペースがゆったりととれるように、配置されてある。高い所に開けられたステンドグラスが、うっすらと朝の陽を透かしている。そんな光のなかで、かい材に総張りされた部屋は、燻《くす》んでいるように見えた——二階建てだと思ったのはぼくの早とちりで、吹き抜けのフロアになっているのだった。

奥に円形のカウンターがあって、その中から、ひとりの女がぼくたちを見つめていた。手にグラスを持っている——。

宗が美しい眉をひそめて、「また、朝から飲んでいるのか？　理亜《ユリア》、体に毒だぞ」

「ガミガミ爺さんのご到来に、乾杯」

理亜《ユリア》と呼ばれた女は、グラスを眼の高さにあげて、宗の言葉に応えた。

二〇代も半ばに達していないだろう。

髪をまん中からきっちり分けて、後ろにたばねている。細くて白い顔に、大きな瞳がぎょっとするほど魅力的だった。首まである紫のベルベットのドレスが、吐息がもれるぐらい見事な体の線を強調している。

宗と彼女が並ぶと、まったくの美男美女だった。ぼくは、自分を、闖入してきた山猿のように感じた……。

「芳村さんは？」宗が苦笑しながら、理亜に訊いた。

「奥で待ってるわ」

と応えると、理亜は宗の肩ごしに、ぼくを見つめた。

「島津さんね？」

「そうです」ぼくはうなずいた。「つい最近、お会いしましたね」

彼女は、どぎまぎとぼくから眼を外らした。〈夜間飛行〉の香り——。

「勘違いじゃないかしら。初対面よ」

消えいるような声で、それだけを応えると、彼女はカウンターを離れた。

ひどく脆い感性を持った女だった。朝から飲んだくれなければならないほど、脆い感性を、だ。

理亜は、カウンターのすぐ脇にあるドアを開けて、

「芳村さんがお待ちかねよ」

そのまま、ドアの向こうにある小部屋へ、入っていく。

ぼくは宗の眼を覗きこんだ。眼で、あの女か、と訊いたつもりだったが、宗は気がつかないふりをして小部屋に入っていった。

黙って、従うしかなかった。

「なにから、話したものか……」

と芳村老人は言った。

銀髪の、ひどく若やいだ笑いを見せる老人だった。がっしりとした体軀に、チェックのブレザーがよく似合う。その柔和な眼に溢れるキラキラした輝きは、彼の知的活動がまだまだ衰えていないことを示していた。

「なにからなにまで、総て――」

ぼくは応えた。手のなかにあるチューリップグラスのブランデーが、ぼくをいくらか気楽にしていた。

いや、ブランデーのせいばかりではない。

枯葉色の壁紙、背の高い椅子、絹張りのフロアスタンド、本物の炎を燃やしているマントルピース――その部屋の総てが、ぼくのささくれた情感をゆったりとくるみ、アットホームな気分にしている。

「となると、順序として、やはり《古代文字》のことからだが……どうでした？　あの文字を研究されて――」

「どうだったとは？」

「失礼な言いかたになるかもしれんが、歯がたちましたか？」

ぼくは、しばらくブランデーの琥珀色を見つめていた。歯がたたなかった、と応えるには、あまりにプライドが強すぎる――。

「ラッセルの階型理論、というのをご存じですか？」

ぼくは逆に老人に訊き返した。

「いや」

「集合を元とする集合は、元である集合より、一階梯上にある、という仮定なんですけどね。こいつを、《古代文字》にあてはめると、元が集合を理解するのは不可能だ、ということにでもなりますか」

「元が我々で、集合が《古代文字》ですか」老人は笑った。

「歯がたたなかった、と言われる」

「はあ」

「だが、元であるはずの我々が、集合である《古代文字》の存在を感知することができる、というのは矛盾ではないかね？」

「人は、神秘的なものを感じることはできる。ただ、それを語ることはできない、と言ったのはヴィトゲンシュタインですがね。同じことが、《古代文字》に関しても言えないでしょうか……ま、ぼくの言葉で言えば、その世界と、ぼくたちの世界との外延が、たまたま重なりあっている部分、それが《古代文字》の存在を感知する、という形で現われるのではないか、と」

　老人の柔和な眼を、鋭い光がかすめて、

「その世界かね？　君は意識していないだろうが、我々は、その世界の存在を、ひとつの前提として話を進めている……その世界とは、どの世界のことだろう？」

「いや」ぼくは口ごもった。「たんに、言葉のあやですよ」

「ごまかすのはやめたまえ。君は、その世界がなんであるか、うすうすは勘づいているはずだ」

　ぼくは、自分が知らず追いつめられていたのだ、とようやく覚った。総てが、ぼくをある結論へと導くために、巧妙にしくまれていたのだ、と——。

「確かに、あの文字には、論理記号が二つしかありませんし、関係代名詞ときたら、一三重以上に入り組んでいる」

　ぼくは、罠から逃れよう、と必死にもがいた。

「ですが、それだけで、結論をだすのは……」

「その世界とは、どの世界のことかと訊いているんだよ」

「ぼくにそれを言わせるのは、酷だ。ぼくは、こう見えても科学者ですよ——ぼくがそれを言うのは、自殺行為に等しい」

「言うんだ。島津君！」

ぼくのうちでテンションいっぱいに張りつめていたなにかが、プツリと音をたてて切れた。

「神の世界だ！」

ぼくは、声を限りに叫んだのだった。

押さえに押さえていたものが、堰を切ったように溢れだし、ぼくは両手に顔を埋めて、激しく喘いだ。

どれぐらいそうしていただろう？

ぼくの心に長くわだかまっていたしこりが溶けるのには、かなりの時間が必要だったはずだ。

ぼくはようやく顔を上げて、「《神》という概念で総括されているものだけが、あの文字を使いうる」とつぶやいた。むしろ、自分を納得させるために言った言葉だった——。

パチッという乾いた音が聞こえた。振りあおいだぼくの眼に、ジャックナイフをポケットにしまう宗の姿が映った。彼の背中にかくれて、理亜が拳を口にあてて、ぼくを見つめていた。隣りの小部屋にいたはずだが、多分、ぼくの声に驚いて、飛び込んできたのだろう。

「私は、かつて神学者だった」

と芳村老人は言った。まるで、彼が今語っているのは、とるに足りないことだ、とでも言わんばかりの口調だった。

「そして、神学者だった私が、気も狂わんばかりに悩まされた一節が、マルコ福音書のなかにある——〈われわれと共にいる神は、われわれを見捨てる神〉というのが、それだ。戦争中だったからね。ノアの洪水や、ソドムの都を考えるまでもなく、まさにわれわれは見捨てられていた訳だ」

「ヒロシマにアウシュビッツ……誰もが、一度は神はいないと考えた」

「一度は、だ。しかし、本当に神が死んだ、ことがいまだかつてあったろうか？　かれは、今なお、強い影響力を人間に対して持っている、とは思わんかね？　私が、《神》について世俗的に語ることができない、という事実に気がついて愕然としたのは、ちょうどその頃のことだった——神を語ろうとする時、人は決まって口ごもる。形而上学なしには一言半句だって神を語ることができない人間が、しかし、その存在にまるで本能のように思いを寄せねばならん、というのは矛盾ではないだろうか？」

「いくつか反論したい点があります」

とぼくは、老人の言葉を遮った。ぼくのこめかみは、今、じっとりと汗ばんでいる。

「第一に、社会主義国家のことがあります。ソビエトや中共にも神がいる、とお考えですか？　第二に、神に対する熱情は、フロイト理論で説明できないでしょうか？　幼児期に抱く父性コンプレックスが、そのまま外界に拡大投影されたものであり、転移されたマゾヒズムだ、と――最後に、形而上学の手をまったく借りずに、神を否定することができるパラドックスがある、のをご存じですか？〈神は自分が持ち上げることのできない石をつくれるか？〉というのが、そのパラドックスです。もし、つくれるとしたら、かれにも持ち上げることのできない石が存在することになり、かれは全能ではないから神ではない。もし、つくれないとしたら、かれは全能でないから、やはり神ではない――」

「どうして分らないの？」理亜が、こらえかねたようにつぶやいた。「眼さえちゃんと開ければ、神がいるのはすぐに分るのに……」

宗が、皮肉な声音でそれに応える。

「分っているのさ――ただ、それを認めるのが怖いんだ」

ぼくは、チューリップグラスに残っていたブランデーを、マントルピースの火のなかに投げ入れた。炎が、あおられたように高く舞い上がり、黒い煙をたてた。焦げるような臭いが、部屋に充満する――。

「なにをする！」

と気色ばんだ宗が、ぼくに向かって足を踏みだした。

「口を入れないでくれ」

とぼくは言った。自分でも不思議なくらい平静な声だった。「俺は理科畑の人間だ。材料を眼の前に並べられて、これこれだ、と説明されただけで納得する訳にはいかん。俺たちには、俺たちのやりかたがあるんだ」

「プライド、という訳か」宗はうなずいた。「悪かったな……もう、じゃまはしない。続けてくれ」

ああ、とぼくは応えて、宗から眼をそむけた。彼が、その表情にチラリとよぎらせた感動に似たものが、ひどく気恥ずかしく思えたのだ。〝連帯感〟ほど、ぼくにとって苦手なものはない――。

芳村老人が咳払いした。

「社会主義体制にも神が存在するか、という質問には、存在するだろう、と応える他はないな。神という名で呼ばれてはいないまでも、本質的には同じものが存在する、と思う。次のフロイト理論については——ま、これは、釈迦に説法かもしれんが——より広い経験範囲をより簡単に説明しうる〝法則〟の方が、より真実にちかい、という科学の原則を思いだしてもらいたい。確かに、フロイト理論は、人が持つ神に対する熱情を、よく説明しているように見える。が、覆いつくすところまではいかないように思えるんだがね……どうだろう？　その意味で、〈神は存在する〉という定義の方がより科学的なんじゃないかね？　最後のパラドックスについては、君が言った〝ラッセルの階型理論〟が、そのまま答えになると思うがね」

「なるほど……論理レベルが上位の存在に、ぼくたちのパラドックスなど通用するはずがない、と言われるんですね」

「私の話は、まだ終っていない。もし、君の方でさしつかえがなかったら、もう少しゃべらせてもらいたいんだが……」

「ええ」

「まるでなにかの啓示であるかのように、〈神はわれわれに悪意を持っている〉という言葉が私の頭にひらめいたのは、ナザレのイエスのことを調べている時だった……イエスの足どりを丹念にたどっていけば、よく分るのだが、彼、イエスは、そのもともとは、彼、当時の宗教的政治的指導者に対する反逆者だったはずだ……ひとりの優れた、そう、多分論理レベルを上昇することさえ可能なほど優れた青年が、辺境の地ガリラヤにいて、民衆の苦悩を眼《ま》のあたりにすれば、反逆者になるのも当然ではないかね？　私は思うのだが、《神》は、イエスを惧《おそ》れていたのではないだろうか？　その惧れが、数々の奇跡を行なわせることで、ついにはイエスが自身の姿を見失ってしまうように、しむけたのではないか？　処刑の時、イエスがつぶやいたという〈俺を見棄てるのか？〉という言葉は、実際には怒りに満ちたもっと直截な呪詛だった、と私は思う――《神》の悪意は、イエスを葬るだけにとどまらなかった。《神》は、イエスの死後、彼をユダヤ教的救済観念における万人の罪の贖い主、つまりキリストにまつりあげてしまった。これが、どういうことか分るかね？　イエスは、彼が身を賭して闘っていたはずの〝体制〟に、彼自身がされてしまったのだよ。ひとりの青年の天才と真実を、そんな風にねじ曲げてしまう《神》のユーモアを、私は憎悪する。人間が摑んでいたかもしれない、より高次の存在への可能性を、なんの同情もなく摘み取ってしまう《神》の嫉妬深さを、みにくいと思う――私は考えたものだ。たとえ一生を費すことになっても、《神》の正体を暴いてやる、とね――」

　芳村老人の話は、終始淡々とした調子で続けられた。が、その眼に燃える焔が、彼の怒りと決意の強さとを、なにより雄弁にもの語っているのだった。

「かれの正体を暴いて、どうしようと言うのです？」とぼくは訊いた。常のぼくだったら、眼の前にいる老人を、狂っていると断じたことだろう。だが、人間の論理レベルを上まわる《古代文字》が存在するのは、曲げようのない事実なのだ——

「闘うことになるだろう」老人は静かに応えた。「かれの干渉があるかぎり、われわれが自由になれることもないし、真の意味での〝愛〟を手に入れることもない」

「自由と愛」ぼくは乾いた声でつぶやいた。「なるほど。美しい言葉だ。独立戦争という訳ですね……ですが、《神》を相手にどう闘おうというんですか？ 天才イエスさえも敗北した相手ですよ」

「そう……どう闘うか、私にも見当がつかなかった。私にできたのは、国外向けのある宗教関係のパンフレットに、短い論文を載せることだけだった。あれは、戦争が終ってようやく世の中が落ち着き始めた頃——昭和二八年だった、と思う。不幸なことに、ちょうど実存主義が日本に紹介されだした時でね。私の論文も、その亜流としか受けとめられなかったようだ——ただひとり、私の論文を言葉どおりの意味にとって、連絡してきた人がいた」

「それが、俺の親父だった、という訳でね」

宗がさりげない調子で、口をはさんだ。はにかんだような微笑を浮かべている。

「君の？」

「宗陳生——当時、香港に居をかまえて、がめつく世界を相手に穀物取り引きをやっていた。華僑の間じゃ、かなり名の売れた男だったよ」

「お父さんのことを、そんな言い方するもんじゃない」

と芳村老人が言った。本気で咎めているのではない証拠に、眼が笑っている。「私は、君のお父さんを高く買っている。なにより私なんかと違って、実務的な能力を持った人だった。易学や、儒学にも造詣の深い立派な人物だった」

「スーパーマンコンプレックスにとりつかれていたんですよ……自分より力の強いものがこの世にいる、と考えるのが我慢できなかった。だから、いい年をして、神仙思想に夢中になってしまった。『周易参同契』だの『抱朴子』だの、中国錬金術の古書をしきりに読みふけったのも、なんのことはない、仙人になりたい一念だったからでね——ところが、枸杞子《くこのみ》を呑んでも、ヒオオギを呑んでも、いっこうに仙人になれそうな気配はない。これはなにかが妨害しているからではないか、と疑い始めた時、たまたま眼に入ったのが、芳村さんの論文だった訳……ま、徹底して俗人だった、というところですか」

それまで、黙って会話を聞いているだけだった理亜が、突然、顔をあげて、「お父さんを好きだったのね」と無邪気な声で言った。

宗は気圧されたように、しばらく理亜の顔を見つめていたが、やがて、「ああ」とうなずいた。

「俺は親父が好きだった」

「実際、優れた人だった」

としめくくりのように、芳村老人が言った。「まず、神の存在を証明して、その正体を人類の前に暴きたてることだ、と彼はしきりに主張したものだよ。そのプロジェクトを遂行するためなら、資金の援助は惜しまない、とね——今、そのめどがようやくつき始めた、というのに……」

「なくなられたんですか?」

「もう、二年になる」

と宗が言った。「心臓麻痺でね。心臓が弱いようには見えなかったんだが……」

理亜が、宗の言葉を、かすれた声で遮った。「殺されたのよ」

部屋の印象が、蒼ざめたものに一変した。男たちは、ギョッとしたように顔を上げて、姿勢をこわばらせた。

「今、私には見えるわ……宗のお父さんは、かれに殺されたのよ」

理亜は、視線を宙の一点に据えながら、繰り返した。

ぼくは、つかれたように理亜の姿を見つめていた。恐しいほどの〝美〟が、彼女のうえにあった。その〝美〟は、現実と非現実とが交差する、いわば壊れやすいガラス細工の美しさだったかもしれない。

ぼくは、頭蓋のなかで何度もうなずいていた。彼女の精神的不安定がなにに由来するのか、おぼろげながら理解できたような気がしたのだ。

「そうか……見えるのか」

宗が咽喉にかかった声でつぶやいた。

その声をきっかけのようにして、部屋にかけられていた呪縛がとけた。なにか、巨大な凶鳥がようやく通過していった、という感じだった。ぼくたちは体を動かし、一様に熱い息を吐いた。

「彼女は——」

とぼくがせっかちに訊こうとするのを、「まあ、待ちなさい」と芳村老人は、手をあげて制した。

「君の考えていることは、大体のさっしがつく。君は正しいよ……だが、話には順序というものがある。理亜君のことを説明する前に、二、三、話しておきたいことが残っているんだがね」

ぼくは、額に手をあてて今にも崩れ折れそうになっている理亜の体を、宗が両腕で支えているのを、眼の隅でとらえながら、「続けてください」と応えた。こうなったら、とことんまでつき合ってやろう、という気持ちだった。

「私は、ようやくめどがつき始めた、と言った。実際には、めどと言えるほどのめどではないかもしれないが、いくらかでもかれに接近するのには成功した、とは言ってもいいように思う。きっかけは、古代中国の道教と、中世ヨーロッパの錬金術だった。《神》が人間をみくびっていたからだ、とは考えたくないのだが、昔の人間たちの方が、《神》の存在をより敏感に感じることができたようだ……道教と錬金術には、ひとつの大きな共通点がある。なんだか分るかね？」

「いや」

「それは、信仰を通じてではなく、人間自身の努力によって、超自然的な力を獲得することができる、という思想だよ。実に驚くべきことだが、道士や錬金術師たちは、《神》のありざまを感得していたふしがある。どうやって、ということは、今になっては確かめようもないがね。彼等のつくりだした体系が、いくつかのバリエーションはあるにしても、結局は二元論に落ち着く、という事実に注目してくれたまえ……陰陽、天地、男女――二つの相反するものがひとつに合致したとき、そこに超自然的な場が発生する、ま、大ざっぱに言えば、そんなところかね。たとえば、彼等錬金術師たちが方法のよりどころにしていたものに、ギリシァ以来の四元素の原則があった――だが彼等が多く問題にしたのは、地、水、空気、火そのものではなく、それが上昇するか下降するか、ということだった。一三世紀の錬金術師ルルによって考えつかれた第五元素――一般には〝賢者の石〟という名で知られているがね――も、他の四元素が地上に属しているのに比して、それだけが天体に属している、という意味で、二元論だったとは言えないだろうか？　易の陰陽については説明するまでもないだろう」

「二元論、というのは人間に理解しやすい論理だったんですよ」

とぼくは芳村老人の言葉を遮った。「自然に、いくつかモデルがありますからね。男と女、太陽と月……」

「言い換えれば、二元論は論理の本質だ、ということにならないかね。そして、《神》のありざまを感知していた道士や錬金術師たちが、ごく自然に、二元論にかたむいていった、ということは……それが、我々の理解を絶した論理であろうと、《神》もまた論理的な存在である、という証しではないだろうか」

ぼくは、掌のなかにある空のチューリップグラスを、しばらく見つめていた。

どうしてなのだろう？

それが、急に重さを増したように感じられるのだ。

「面白い」ぼくはようやく言った。「しかし、芳村さんが言われたことは、なにひとつとして立証されていない。総てが仮定にすぎない、と非難されても、反論のしようがないでしょうね」

「そこで、君がクローズアップされてくる訳だ。君だったら、《古代文字》を通じて、《神》の実在を証明するのもできない話じゃない……竹村君には不幸な結果になったが、君を石室調査に連れだせ、と彼にたのんだのはそんな理由からだった」

「竹村さん？　彼は、あなたたちの……」

「仲間だった」

と芳村老人はうなずいた。石のような表情だった。「気になるのは、そこなんだが……どうして、《神》は彼を殺して、より危険な存在であるはずの君を見のがしたのか。勿論、ただの事故だ、とかたづけることもできるだろうが……私には、どうしても事故だったとは思えない」

「それに、《古代文字》のことにしてもおかしい。人間の眼に《古代文字》らしきものが触れたことは、ぼくが知っているだけでも、『神仙石壁記』、スペインの海底から発掘された石板、今度の神戸の石室、と三件もある。まるで、かれは自分の存在を人間に知らせたがっているみたいだ」

そこまで一気にしゃべって、ぼくは自分の指が震えているのに気がついた。「論理レベルが異る二者には、どんな意味での利害関係も成立しないはずなんですけどね」

「こう考えたこともある。《神》とは、一種の因果——というか、恐しく広い範囲を覆うことのできる法則であって、仏陀の言った輪廻に似たものではないか、と」

「輪廻だったら、理解することもできる。ですが、論理レベルが異るというのは……いいですか。ぼくたちは、他の動物、たとえばネコの行動を理解することができる。いや、理解するということなら、それこそ細菌の活動まで、理解することができる……この地球上で、ぼくたちが知っている総ての生命体は、同じ論理レベルの上にいる、と言ってもいいでしょう……それだけに、論理レベルが異る二者の間に成立する交渉が、どんなかたちをとるものか、想像するのさえむずかしい」

「そう……その意味で、《神》を因果と考えるのも、納得できない点がある。結局、かれは遊んでいるのだ、と考えるのが最も正確なのではないだろうか？」

「ひどく不愉快ではあるが、そう考えると、かなりつじつまが合うんだよ。《古代文字》は《神》のチップであって、今回、自動翻訳を研究している君を見のがしたのも、大きくはるつもりだからだ、とね……遊びであるからには、それなりのルールを自分に課している、としても不思議はない。そうでもなければ、我々のようなグループを放っておくはずがないだろう」

「なるほど、かれは楽しんでいる訳ですね」

とうなずいて、ぼくは、

「だが、《神》と利害関係を結ぼう、と考えている人間もいる」

と芳村老人の顔を見つめた。知らず、詰問口調になっていたようだ。

「及川君のことかね？」

「それに、オデッサという狂信者たちです」

「うむ……『神仙石壁記』を信じた人間は、数多い。どこの国にも残っている人神伝説が、そこのところの事情をよく説明してくれている、と思うんだがね。《神》と手を結ぶ、あるいはなんらかの契約をとり交すことで、自分の勢力を拡大しようと考えている人間は、君が思っている以上に多いんだよ。それも、《神》のゲームを構成している要素のひとつじゃないか、と私は疑っているんだが……及川君だが、もともとは公安畑だった男だがね。いつの間にか、諜報関係の方で有名になってしまった——アジアのその世界に身を置いている人間は、大なり少なり華僑に知り合いができるものだ。我々には、彼がもたらしてくれる情報が必要だったし、彼には、宗君のお父さんの勢力が必要だった訳だ。残念な話だよ。あれほど優秀な男が、野心がありすぎるばかりに、《古代文字》を読解しさえすれば、世界を手中に収めることができる、と本気で信じている」

「よく、ぼくを釈放してくれる気になったものだ」

「交換条件だったんだよ。君が、《古代文字》を読解するのは、むずかしそうだ。少くとも、一年や二年はかかるだろう。だから、ジャクスンの居所を教えてやる代りに、君を引き渡してくれないか、と持ちかけてやったら、一も二もなくとびついてきたのさ。及川君は、ジャクスンが《古代文字》を読解した、と信じきっているからね」

またしてもジャクスンだった。誰もがジャクスンの名を口にする。だが、誰ひとりとして、彼が本当のところ何者なのか、を教えてくれようとはしない。説明するまでもないほどの、きわめつけの有名人なのだ。

「ジャクスンも、《古代文字》を利用して、権力を握りたがっているひとりなのですか？」

「及川君は、そう考えている。私には、必ずしもそうだ、と断言できないような気がするのだが。彼は、《古代文字》を読解しようというより、むしろ隠蔽したがっているようだ。優れた霊感能者だということだし、とにかく謎の人物ではあるね」

「彼の居所を、及川に教えた、と言われましたね？　どうやって、つきとめたんですか？」

芳村老人が、困った、というような表情をした。大きな肩を、すぼめるようにして、

「そこにいる理亜君が、逆探知したんだ」

「逆探知？」

「ジャクスンは、のべつ思念を、あんたの上にめぐらしていたそうだ。だから、あんたが眠っている時をみはからって、理亜がジャクスンの居所を逆探知したんだ」

と宗が言った。「それ以来、ジャクスンの思念は、あんたから離れたそうだよ」

勿論、あの夜のことを言ってるのだ――

ぼくは首を回して、理亜の姿を探した。理亜は部屋の隅に腰をおろして、ひとりでジンをなめていた。グラスを見つめる眼が、ひどくひたむきだった――。

「彼女のことを知りたい」

とぼくは、誰に向かってという訳でもなく言った。「理亜さんは巫女なのかね？」

「彼女は、《神》の存在を見ることができるのさ」

宗が応える。腕を伸ばして、なおもグラスにジンを注ごうとする理亜の肩に、ソッと触れた。

「よしなよ」彼は静かに言った。「本当に、体に毒だぜ」

「よく分らないのだが……かれの存在を見る、とはどういうことなのかね？」

「かれのことなんか、話すのもいや……」

と理亜はかすれた声でつぶやいた。「せっかくいい気持ちになってるんじゃないの。じゃましないで……」

宗が腰をかがめて、理亜の耳に口を近づけた。

「彼に説明しなよ。怖いことはなにもないから——俺もいるし、芳村さんだっているじゃないか」

理亜は顔をあげようとさえしなかった。眉のあいだに、深い縦皺が刻まれていく。

「いいわ」

一瞬、ぼくは自分をこの上もなく残酷な男だ、と考えた。それほど、理亜の声は、痛々しいものに聞こえたのだった。

「私が、かれの存在を見ることができるようになったのは、ほんの子供の頃からだったわ。具体的には、それが予知能力として、私のうえに表われた……ジャーナリストたちは、私のことを〝奇跡の少女〟と呼んだわ。世界情勢の動き、いろいろな災害、私の予知は怖いぐらいよく当った」

彼女の声は、ほとんど声になっていなかった。人が、暗い、しかしかけがえのない思い出を語るとき、皆一様にそうなるように、なにか自分自身に語りかけているような口調になっていた——。

「幸福だった……あの頃、まだ私はほんのねんねで、かれが囁きかけてくる言葉を、かれの私に対する善意のしるしだと考えていた。私が十七歳になった時だった……私の言葉を聞きにくる人たちがようやく帰って、私は自分の部屋にひとり残っていた。そこで、かれは……私を犯したのよ」

理亜の細い肩が慄えている。まばたきさえしないで、彼女は話を続けるのだった。

「そのありえないほどのエクスタシーのなかで、私はのたうちまわって、ひとりで声をあげたわ……まるで、色情狂《ニンフォマニア》みたいにね。総てが終った後、ボロ切れのようになりながら、私は覚ったのよ。かれは人間を愛していないと……かれが人間に対して持っているのは悪意と嘲弄だけなのよ。多分、私が女だったから、男が自分が男であるというだけの理由で、女に対して抱いている蔑視を、いつも感じていなければならない存在だったから、《神》の本当の姿も知ることができたのだ、と思うわ……私は、かれからなんとか逃げようとした。新宿で長い間フーテン生活をしたわ。男、酒、マリファナ……でも駄目だった。かれはいつでもそこにいるのよ……もし、芳村さんに出会うことがなかったら、私は自殺していたわ」

　しばらく、沈黙が続いた。

マントルピースでまきのはぜる音が、ふいに大きくなって、ぼくの耳に響いてくる。

　やがて、ふりしぼるように、

「マリアが、人間の男と交わらずに、イエスを産んだ、とは思わない。でも、なぜ彼女がそう考えるようになったかは、分るわ」

　と理亜がつぶやいた。ぼくは詩人ではないが、蒼ざめた声、というものがあるのなら、今の理亜の声がまさしくそうだったろう。

「君は、かれが考えた以上に、優れた霊感能者だった訳だ」

　と芳村老人が間の悪そうな表情で言った。

「もし、並みの霊感能者だったら、《神》から至福を授かった、と考えたところだ……ナザレのイエスがそうだったように」

　ぼくは、理亜の顔を直視することができなかった。が、もうひとつだけ、訊きたいことが残っているのだった。

「かれは、どんな風に見えるのだろう？」ぼくは口ごもった。「その……やっぱりなにか生き物みたいなのかね？」

理亜は、救いを求めるように、宗の顔をあおぎ見た。宗の、理亜の肩に置かれてある手に、力が入れられる。

「どう、説明したらいいか、よく分らないけど……そうね。かれは、ちょうど空気みたいに世界を覆っているわ。それで、かれが意志を示すと、まるで風みたいに……駄目だわ。うまく説明できない」

ぼくは、自分の胸深く鋭い傷のような痛みが走るのを感じた。《神》を語ることはできないのだった。

「分った」ぼくは言った。「どうやら愚問だったようだ」

「我々は、《神》を狩りたてて、その正体をなんとしてでも暴きたい。それには、どうしても君のような男が必要なのだ」

と芳村老人が、ぼくの眼を覗きこむようにして言った。「いまのところ、君は安全だ。かれは、君と遊ぼうというつもりらしい。石室で助かったのが、なによりの証拠だ」

ぼくは、頭蓋のなかで喚きたてている様々な声に、耳をかたむけていた。それらの声が、ひとつにまとまるには、かなりの時間がかかるようだった——。

「即答しなければいけませんか？」ぼくは応えた。「少し、時間がほしいのですが……」

「勿論だ。我々は急がない」

芳村老人は大きくうなずいて見せて、

「島津君を、アパートまで送ってあげなさい」

と宗に言った。

なんの感動もなかった。軟禁期間が、あまりに長過ぎたのだ——

宗が、黙って部屋を出ていく。

「それじゃ、どうもいろいろ……」

ぼくは立ちあがった。

「ああ、じっくりと考えて、いい返事をくれたまえ」

と芳村老人も白い歯を見せた。が、その笑顔は、最初にぼくが思ったほど、若やいだものではないようだった。

「ここでおろしてくれ」

というぼくの声に、宗は車をゆっくりと道脇に寄せて、停めた。

屋根の低い商店が百メートルほど続いて、国電の灰緑色のガードをくぐったあたりで、道はTの字型に分れる。その一方の角に建っているのが、ぼくのアパートだった。

別になつかしくもないが、とにかく我が家に帰ってきた訳だ。

「世話をかけたな」

と車をおりるぼくの首すじに、日ざしがひどく熱く感じられた。

もう春なのだ。

「いい返事を期待しているよ」

それだけを言うと、宗は車をスタートさせた。

ぼくは、しばらく車を見送っていたが、やがて気をとりなおして、埃りっぽい道をアパートに向かって歩きだした。

途中にある酒屋で買いこんだウィスキーとチーズの紙袋を抱えて、ぼくは自分の部屋のドアを押した。床に、いくつか郵便封筒が落ちた。ダイレクトメールがほとんどで、良子からの手紙が二通、カリフォルニア大学からの手紙が一通、混じっていた。

どちらにしても、今は、手紙を読むだけの気力は残されていないようだった。

テーブルの掃除もそこそこに、ひとりだけの酒盛りが始まった。

一瓶が空になるころには、ぼくの気持ちも固まりかけていた。朦朧とした頭のなかで、ぼくは何度も同じ言葉を繰り返していた。今更、自分を変える訳にはいかんのだ、という言葉を――。

泥のような眠りに引きずり込まれていく時、ぼくの脳裡に漂っていたのは、理亜の白い淋しげな顔だった。

第二部　挑戦者たち

1

冷たい雨が降っている。

第一国道に長く連なる車のテールライトが、赤く雨に滲んで、視界をモダンアートめいたものに見せていた。気のせいか、時おり鳴りわたるホーンの音も、濡れそぼった力のないものに聞こえた。

時間は午後の七時を回っていた。

「冬に逆戻りだな」

と河井啓三が独言のように言った。

それには応えないで、ぼくはサイドを流れる雨滴を眺めていた。今夜は、不機嫌になるだけの理由があるのだ。ぼくの未来が、ついさっき決定されたのだった。

「カリフォルニア大学も眼が高い」

河井は含み笑いをした。「まあ、客員講師というのは、それほどいい条件ではないかもしれんが……二年間あっちで我慢していれば、こっちへ帰ってきてストレートに教授になれる。今度は、まだ若過ぎるだの、人間ができていないだの、文句をつける奴もいないさ」

再びレールが敷設されたのだ。ぼくは、その道を、良子と一緒に進むだろう。多分、互いにそっぽを向きながら――。

「式は、ほんのうちうちだけですませるか。渡米の準備もあることだしな。君も、いろいろあったが、これでふっ切れただろう」

ぼくは煙草に火を点けることで、どうにか表情を読みとられずに、彼の言葉をやりすごすことができた。

ふっ切れる？

なんという言葉を使うのだろう？　ぼくが、自分のうちにうごめく得体のしれないものを圧し殺すのに、どんな思いをしたことか――。

それをこの男は、ふっ切れる、の一言で片付けようとするのだ。

「ところで、もう話してもいいんじゃないかね？　失踪していた間、君はどこでどうしていたのかね？」

ぼくは煙草のけむりを吹きあげた。その舌を刺すいがらっぽさが、ぼくにフッとある決心をさせたのだった。

「ここでおろしてくれませんか？」ぼくは言った。「ちょっと、寄るところを思い出したんです」

「今日でなければいかんのかね？」

河井は大仰に驚いた表情をして見せた。「これから、前祝いに銀座へでもくりだそうかと思っていたんだが……」

「いずれ、日をあらためて――」

うむ、と河井はうなずいて、運転手に停まるよう指示を与えた。

運転手は、車をパーキングゾーンに乗り入れて停めた。

「そろそろ、身辺の整理をしておくことだな」

と言って、河井は鷹揚に笑った。ぼくが、女のところへでも行く、と思っているのだろう。

それじゃ、とぼくはつぶやいて、ドアを力いっぱい押した。ささやかなレジスタンスというところか――

車は走り去っていった。

ぼくはコートの襟をたてて、空を見上げた。空は均一に、どんよりとした灰色に覆われていた。

本当に、寒い日なのだった。

ぼくは片手をあげて、タクシーが来るのを待った。

ようやくタクシーが停まった時には、ぼくは溺死体のようになっていた。コートの冷たさと重さは、ぼくのうちにくすぶる残り火さえもしだいに消していった。その火をつけたのは彼等だ。が、消したのは雨だけではない。

クラブ〈理亜〉の黒ずんだ扉に、〈本日休業〉のプラスチック札は不釣合に見えた。

ぼくはしばらくその札を見ていたが、思いきってインターフォンに指を伸ばした。立ちすくんでいるのには、相応しくない夜なのだった——。

「どなた?」

「島津です」

ドアが開く。

なにもかも、二週間前のあの朝と同じだった。違うのは、ぼくがひとりの裏切り者としてやってきた、ただそれだけなのだ。

理亜が、カウンターでひとりジンをなめていた。床に空瓶が転がっているところを見ると、どうやら二本目らしかった。

「来たのね」

彼女はゆらゆらと体を揺らしながら、ぼくに言った。「どう？　こちらへ来て、一緒にやらない？」

いや、と首を振りかけて、「そうだな。一杯だけもらおうか」とぼくは口のなかでつぶやいた。

理亜と逢うのもこれが最後になるだろうし、なによりも寒かった。カウンターに坐ったぼくの前に、理亜が氷の入ったタンブラーを置いた。ジンをなみなみと注ぐ。

「どうも……」

とぼくはグラスを手に持った。一口含んだジンが、咽喉を激しく灼き、胃をジンワリと温めていく。ぼくは溜息をついた。

「外は寒いよ……雨だしね」

「もう雨じゃないわ。みぞれよ」

理亜は、ステンドグラスを顎でしゃくった。

なるほど、ステンドグラスのむこうのぼわぼわとした闇を、小さな薄灰色のものが次から次にとよぎって落ちていく。

「雪になるといいね」

と理亜が放心したように言った。

「雪？　寒くなるよ」

「雪はなにもかも隠してくれるわ。汚いものもきれいなものも……すてきだと思わない？」

ぼくは応えなかった。

霊感能者でいる、ということがどんな気持ちのものか、大体の想像はつく。いつも生身でいなければならない、としたら、それが理亜のような人間にとって一つの拷問でなくてなんだろう？

時間が、みぞれの夜に相応しい穏やかさで、ゆったりと過ぎていく。ぼくたちは黙り合ったまま、タンブラーを口に運んでいた。

ぼくのタンブラーで、氷がカラカラと鳴った。最後の一滴まで飲みほした、という訳だ。とうとう白状する時がきたようだった――

「実は――」

「いいのよ。言わなくて」

「え？」

「言わなくても、私には分るわ。私たちを手伝えない──そうでしょ？」

「君は、他人《ひと》の心が読めるのか！」

「まさか……どう言ったらいいのかな。その人の心のなかのなにかぶわぶわとしたものが、見えることがあるの。その感じから、大体の見当がつくのよ。勿論、外れることもあるわ」

「──そう、君の言うとおりだ。だが、手伝えないんじゃない。ぼくは手伝わないいんだ」

「いいのよ」

「なにがいいんだ？」

「もうよしたら？　いろんな種類の自由があるのよ。手伝えない自由だってあるし、手伝わない自由だってあるわ」

「俺を許してやろう、という訳か？　気やすめはやめにしてくれ。はっきり、みそこなった、とでも言ったらどうだ──こう見えても面罵されるのには慣れているんだ。びくともしないぜ」

「誰にも、許すなんてことできないわ」

体の底から噴きだしてくるような、激しい語調だった。気圧されて、ぼくは口をつぐんだ。

「それに、あなたは、私たちになんの約束をした訳でもないのよ」

「悪かった――ぼくは、どうかしてたらしい。それじゃ、芳村さんたちによろしく伝えてくれ。期待にそえなくて、すまないと――」

「もう帰るの？　気にしなくていいのよ。今日は私の誕生日なの。芳村さんたちがごちそうをつくってくれるって、はりきって買い物に出かけたわ。もうそろそろ、帰ってくる頃だわ。よかったら、一緒に食べていかない？」

「――芳村さんや、宗にもう一度逢いたい気もするな」

「もう一度？　どこかへ行っちゃうの？」

「ああ、アメリカへね。カリフォルニア大学から、客員講師の資格で来ないか、と誘われているんだ」

「そう……皮肉ととられると困るんだけど、島津さんには、それが一番合ってるかもしれないわね」

「合ってなんかいるもんか」

とぼくはかぶりを振った。「だが、ぼくは、今までずっとそんな風にやってきた。ぼくのような男にとって、うまく立ち回ることはそのままひとつのモラルだ、と信じていたんだ。誰の世話にもならない、というかたくなさだけが心の支えだった」

「もうしゃべらない方がいいよ。後で悔むことになるわよ」

「そうだな――もうやめよう」

とぼくはうなずいて、いつになく自分が素直になっているのに、気がついた。もう、酔っぱらったのだろうか？

「飲む？」

「う？　ああ、もらおうか」

ゆっくりとしたしぐさでジンロックをつくる理亜の横顔を、ぼくはぼんやり見つめていた。顎の線がやさしい――。

「教えてほしいんだけど……」ぼくは言った。「かりに、君たちが言うように、《神》が実在するとしても、かれを狩りだすのにどんな意味があるのかね？　確かに、人間をはるかに上回るものが存在する、というのは腹だたしいことかもしれない。しかし、無視して生きることも不可能な話じゃない。《神》のことなんか考えなくても、人はけっこう楽しく生きていけるんだ。所詮、歯のたたない相手に、どうしてそれほど神経質になる必要があるのかね？　《古代文字》に一度でもぶつかってみれば、そのことは骨の髄まで思いしらされる……《神》なんか敵に回さなくても、人間は充分問題を抱えていると思うがね？」

「人間が変わる、と思いたいのよ。《神》さえその上にいなければ、人間はもっと善良にももっと幸福にもなれるんだ、と考えたいの」

「そいつはどうかね？　他人の痛みならいくらでも我慢できる、せいぜいそんなところが人間の本音じゃないだろうか？　ぼくは、他人の苦しみを引き受けよう、なんて連中を絶対に信じない。他人の苦しみを飯の種にしてしまう、人間ってのは、そんな生きものなんだ。そいつを、《神》のせいにしてしまうのは、むしがよすぎるぜ。人間は、自分で自分をいやしくしてきたんだ」

「そうかもしれない……かれがいるいないに関係なく、人間はスポイルされているのかもしれない。でも——分らないかな——それでも、かれがいなかったらもしかして、と考えちゃうのよ。《神》の力から逃れることのできた人間が、どんな風に変わるものか、それとも全然変わらないのか、自分の眼で確かめてみたいのよ」

どうしても見たいの、とでもいうように、理亜はカウンターの端を、バン、と平手でたたいた。タンブラーがカタカタと揺れて、ジンが少しこぼれた。

ぼくは氷がほとんど溶けてしまっているジンロックに、口をつけた。時間稼ぎのためだった。

なにか感動に似たものが、ぼくのうちに拡がっていく。そのくせ、そのうごめきを、ひどく冴えた眼で観察している自分も、いるのだった。

「意見が合うのは、今の人間が、どうやらできそこないらしい、という一点だけのようだな」

とぼくは言った。「それから先のことは、《神》の手から人間が自由にならないかぎり、確かめようのないことだ」

「賭けをしようか……私は、人間が変わり得る、という方にチップを置くわ。島津さんは、《神》をどうこうしても、人間は変わりようがない、という方に賭けるのよ」

「なにを賭けるんだね？」

「なんにしよう？」

ぼくは笑った。

「君は莫迦だ……誰が考えても、この賭けは君の負けだよ」

それには応えようとせず、理亜はぼくの眼を正面から覗き込んだ。そのひどく生真面目な視線に、ぼくはいわれのない罪悪感を覚えて、たじろいだのだった。

「賭けたいな」

と彼女はなにかをねだるような口調で言った。「私、この賭けしてみたいな」

理亜がぼくを動かしたのだ、とは考えたくない。が、彼女は引き金《トリッガー》を引き、ぼくのうちにあったアナーキーな衝動を解き放したことは、認めなければなるまい。その衝動は、一度は完全に眠らせたはずのものだった。それだけに、今、より凶暴にぼくのうちに波立つのだ。

「そうだな……」ぼくの声はかすれていた。「試すだけの価値のある賭けかもしれない」

ドアが開いて、芳村老人と宗の二人が、転がり込むようにして入ってきた。二人とも大きな紙袋を抱えている――食料品が入っているのだろう。

「ひどい天気だ」

と宗が半ば笑いながら言いかけて、よお、というようにぼくに顎をしゃくった。

「もう来ないかと思ったよ」

「そんな挨拶はないだろう。この天気のなかを、わざわざやって来たんだぜ」

「歓迎してるのさ」宗はニヤリと笑った。「今日は理亜のバースディーパーティーだ。客が多い方が、にぎやかでいい」

「ところで……」

と芳村老人がぼくたちの会話を遮った。「どんな返事をもらえるのかね？」

ぼくは大きく息を吸った。

ぼくは、今、ロマンチックではあるが、それだけに荒々しくもある世界へと、ジャンプしようとしているのだ。

「お手伝いします」ぼくは言った。「ぼくも、《神》を狩りたてたくなった」

〝狩り〟を決意したのは、ぼくだけではなかった。かれもまた、ぼくたちを狩りだしにかかったのだ。

最初に狙われたのは、ぼくが軟禁されていた、T市ベースキャンプのあの地下研究所だった。

誰ひとりとして、なにが起こったのか、正確に語ることはできないのだ。まして、ぼくは現場にさえ居合わさなかったのだから、なおさらのことだろう。

ま、当時の新聞記事などを総合して、できるかぎり事件を正確に再現してみよう。そもそものきっかけは、本当に些細なことだったらしいのだ――。

妙にむしむしとした、息苦しい夜だった。今にも降りださんばかりに低く垂れ込めた雨雲は、しかし空を黒く閉ざすだけで、一滴の雨さえ落とそうとしなかった。

ときどき、空を春雷が走る。

だが、ブラウン米陸軍軍曹が苛だっていたのは、必ずしも天気のせいばかりではなかった。

ビールは全然冷えていないし、ジュークボックスから聞こえてくるのは、間の抜けた和製ロックだった。どうして、自分が白人に生まれなかったかにも、一言ぐらい文句を言いたい。

なにより、アキコが彼のテーブルにではなく、白人の青二才のテーブルに坐っているのが、腹だたしいのだった。

〈ソルジャー〉は、アメリカ兵士相手の、T市にそれこそ目白押しに並んでいるバーのひとつだった。酒と女を楽しむだけならば、他にも行く店は、いくらでもあるのだ。

が、ブラウン軍曹が、秘かに本国へ連れて帰ろうと決めているアキコがいるのは、この〈ソルジャー〉だけなのだった。

青二才が、アキコの耳に口を寄せて、なにごとか囁きかける。

嬌声――。

ブラウン軍曹は眼をつぶり、歯を喰いしばった。

安ウィスキーと煙草の匂い——情欲を身内にたぎらせた男たちの酔っただみ声。

青二才はニヤニヤ笑いを浮かべながら、アキコの肩に腕を回して、体を押しつけるようにする。アキコを、ものにしようとしているのだ。

アキコはなおも笑いながら、青二才の腕から逃れようと、身をもがく。勿論、青二才は放そうとしない。

「ノー」

とアキコが叫んだ。執拗に体をすりつけてくる青二才に、ようやく嫌悪感を覚えたらしい。

ブラウン軍曹が、蟹のような顔に喜色を浮かべた。彼の出番なのだった。

椅子を立って、ゆっくりとアキコのテーブルに歩いていく。

彼のぶ厚い胸と、棍棒のような腕が、今、力をいっぱいにはらんでいる。青二才は近づいてくるブラウン軍曹に、眼をくれようとさえしなかった。

実際、それどころではないのだ。

必死に両腕を振り回す女を、ほとんど膝に乗せんばかりに引き寄せて、彼は陶然とした薄笑いを浮かべていた。

「女はいやだ、と言ってるんだがね」

とブラウン軍曹が声をかける。落ち着いた口調だったが、その声に店がふいに静まり返った。ジュークボックスだけが、ボリュームいっぱいに鳴り響いているのが、奇妙に白々しく聞こえた。

青二才はキョトンとした表情で、ブラウン軍曹を見上げた。女を抱いたままだ。

「ああ」彼はうなずいた。「女は、いつもそう言うのさ」

そして、自分で、自分の言葉に吹きだしたのだった。

「そうだとも」彼はゲラゲラ笑いながら繰り返した。「女はいつだってそう言うんだ」

ブラウン軍曹は笑わなかった。彼は両眼を細めて、青二才を見下ろしていた。その眼に薄く膜がかかったようになり、唇の端がまくれ上がった。

まったくのウォーミングアップなしだった。あっ、と店に居た人間が総立ちになった時には、青二才の体は壁までふっ飛んでいた。ワンテンポ遅れて、グラスだのビール瓶だのが砕ける音が、部屋をつんざいた。

ブラウン軍曹は、アキコの腕を取って立たせ、大丈夫か、というように彼女の頰に平手で軽く触れた。そして、苦痛で床にのたうち回る青二才に、大股で近づいていった。そのまま店から放り出してしまおう、と考えたのだった。

誰が考えても、当然のなりゆきだった。ブラウン軍曹と、その青二才とでは、喧嘩になりようもなかったのだ。

が、結末は、思いもかけない形でやってきた。

銃声——。

ブラウン軍曹はギクリと足を止め、ゆっくりと右手で腹をさぐった。信じられない、というような表情で、指にねばつく黒い液体を眺める。

「——」

と片肱を床につけて身を起こしながら、青二才は何か叫んだ。ほとんど悲鳴にちかい声だった。何を叫んだのかは、よく聞きとれなかった。

もう一方の手に握られている拳銃《リボルバー》——。

ブラウン軍曹の表情が、激しく憤怒でゆがんだ。右手を腹に当てたまま、二、三歩、彼は足を踏み出した。

「来るな」

恐怖に泣きだしそうになりながら、青二才は再び叫んだ。まだほんの子供なのだ。今夜は少しばかり酒を飲み過ぎた。ただそれだけのことなのだった。

誰かが悲鳴をあげた。

その声をきっかけのようにして、二、三発、銃声が続けざまに起こった。

ブラウン軍曹は、ガクリと床にひざまずき、肩を大きく泳がせた。なにごとかつぶやく。誰ひとりとして、彼が言った言葉を、聞きとった者はいなかった。彼は、頭からゆっくりと床にのめり込んでいった。

青二才はヒステリックに泣きじゃくった。が、その声は、ジュークボックスのけたたましいロックにかき消されて、ほとんど聞こえないのだった——。

こうして、暴動の幕は切って落とされたのだ。

一時間もたたないうちに、黒人が白人に殺された、という噂がT市にいた黒人兵たちの間に拡がっていった。ブラウン軍曹が、仲間たちに受けのいい、人望のある男だったことが、黒人兵たちの怒りをより激しく駆りたてた。

MPの運転するジープが、T市のメインストリートを、次から次に走っていく。バーのどぎつい明りが消えていき、商店はシャッターを閉ざした。

このまま済むはずがない、と誰もが思った。

夜はまだ始まったばかりなのだった。

T市警察署に勤務する人間が、全員自宅から呼び出されて、それぞれの部所に配置された。

「慎重のうえにも慎重を期して、行動してもらいたい」

と署長は主だった者を集めて言った。「在日米軍は、地元警察の干渉を受けるのを、極度に嫌う……だが、我々にはT市の治安を守る義務があるのだ。そのためになら、機動隊の出動を要請するのも辞さないつもりでいる」

十一時――

T市も外れにちかい交叉点で、黒人兵たちがトラックを停めて、騒ぎ始めた。数人のMPが駆けつけて、カービン銃を構えながら、ジープをおりた。

すさまじい銃声が鳴り響いた。

MPたちは、ほとんど応戦することさえできなかった。五〇口径水冷式機関銃の威力を前にしては、カービン銃などパチンコも同然だった。

銃声が止んだ時、路上には、挽肉《メンチ》のようにされたMPの死体が、いくつか転がっているだけだった。

警察も驚いたが、それ以上に驚いたのは、ベースキャンプの首脳部の方だった。五〇口径水冷式機関銃は、とても一兵士が持ち出せるような武器ではないのだ。

が、まだそれは序の口なのだった。次から次に入ってくる報告を前にして、首脳部は腰が抜けるほどのショックを受けた。

新式ガトリング型機関砲、野戦臼砲、ロケット砲、暗視照準器《スナイパー・スコープ》を備えた高性能長距離ライフルなど、最新の重軽火器が、ごっそりと倉庫から消えていたのだ――幾重にも張りめぐらされたチェックシステムを、どうやってくぐり抜けることができたのか？　それは、ありえないことだった。ありえないことではあったが、現に武器は彼等の手に渡っているのだ。

「奴等は本気でやるつもりだ」首脳部のひとりが、金切り声で叫んだ。「今度こそ、最後までやるつもりなんだ」

そう、彼等は本気だった。

貧しい者、非白人《ノンホワイト》だけが、他に逃げ道もないままに、徴兵に応じなければならないのだ。彼等黒人兵には、失うものはなにもないのだった。

戦闘は翌朝まで続いた。

T市のあちこちで爆破音が聞こえ、火をつけられた車が路上に燃えあがった。カタカタという機銃の音が、一晩中続いた。

日本政府の必死の懇願にもかかわらず、米軍当局は、頑として機動隊の介入に応じようとしなかった。

「こちらには、賠償金を支払う用意があります」

と米軍スポークスマンは、新聞記者たちが色をなしてつめ寄るのに、無表情に応えた。

「ですが、日本の司法権がこの騒ぎにタッチできる、とは考えないでいただきたい。これは、我々だけで解決すべきことです」

暴動に参加した黒人兵を皆殺しにしろ――。それが、在日米軍の上層部が下した決断だった。もし、ひとりでも軍法会議にかけられれば、当然、武器の管理がずさんだったということが、法廷で論議されることになる。責が上層部にまで及ばない、と誰が保証できるだろう？　日本の警察権力に口出しさせる、などもっての他だ。

確かに、黒人兵たちは勇猛に闘った。しかし、力押しに押してくる米陸海軍の精鋭部隊を相手に互角に闘うには、あまりに人数が少な過ぎるのだった。

暴動が始まった頃には一丸となっていた黒人兵たちは、戦闘が続く間にしだいに寸断されていき、やがて、こちらで三人、あちらで五人、というように孤立させられてしまった。

早朝五時――。

私鉄プラットホームにたてこもって、頑強に抵抗をやめようとしなかった黒人兵が、狙撃手《スナイパー》の撃った弾丸に、頭蓋を砕かれて即死した。その闘いを最後にして、T市の市街戦は終ったはずだった。

朝の鈍い光のなかを、あるいはセミ・オートマチック、カービン銃を、あるいは擲弾発射筒を持って、アメリカ兵たちは呆然と立ちすくんでいた。

彼等にとって、一生忘れることのできない長い夜が、今明けていくのだ。が、悪夢は、その最期に、最もはなばなしい一瞬を用意していたのだった。

轟音――。

一斉に空を振りあおいだアメリカ兵たちの視界に、もうもうたる黒煙と炎が映った。ベースキャンプの方角だった。

瞬時にして、彼等は、なにが起こったのかを理解した。恐しく無鉄砲な豚野郎《マザー・ファッカー》が、ベースキャンプを爆破したのだ――。

勿論、ベースキャンプがまったく修復不能な状態になることなど、ありえない。爆破に使われたTNT火薬が、いかに高性能であっても、だ。実際には、被害は、滑走路が、陥没したにとどまった。

そう、米軍当局が発表することは永遠にないだろうが、それは、あの地下研究所が完全に壊滅したことを意味する。

《神》は、その目的をとげることができたのだった――。

「大変な騒ぎだな」

と宗がかすれた声でつぶやいた。「一体、何人死んだんだろう?」

「さあな」ぼくは、テレビの画面に眼を据えたまま、首を振った。

「巻きぞえになって死んだ数だけでも、一〇〇人は下らないんじゃないかね」

テレビの画面が、T市から、スタジオへと切り換えられた。中年の司会者が、営業用の悲哀な表情をつくって、大げさな言葉を連ね始めた。

宗は小さく舌打ちして、椅子を離れテレビを消した。

「ちょっと、信じられないような気もするんだがね……」

と宗は、ソファにぐったりと寝そべっている理亜を、振り返った。

「信じるのね。事実なんだから」

理亜は天井に顔を向けたまま、ポツリと応えた。その総ての感情を枯渇させてしまったような声には、ちょっと逆らうことはできなかった。

「信じるよ……理亜の言葉だからね」

とぼくが言った。我ながら間の抜けたせりふだと思ったが、これでもとりなしているつもりなのだ。

「かれは、昨夜はよく働いたわ」

と理亜がぼくにかまわず、言葉を続ける。彼女の顔は蒼白だった。T市で暴動が続いている間、彼女は泣き喚き、身を慄わせて、二度までもペーパーナイフで咽喉を突こうとしたのだ。狂乱状態からようやく脱した今、多少無愛想になるのは、やむをえないことだろう。

「かれは、あの地下研究所が目障りになってきたのよ……ただ、それだけの話よ」

「しかし、《神》の力をもってすれば、他にいくらでも方法がありそうなものじゃないか？　なにも、こんな回りくどい手段をとらなくても……」

「楽しんでいたのよ」

理亜のにべもない応えには、さすがの宗も二の句が継げないようだった。救けを求めるようにぼくの顔を見るのに、何も言うな、とぼくは首を振って見せた。

宗は肩をすくめて、「コーヒーでもいれようか？」

「冗談じゃないわよ。コーヒーだなんて……なにか、お酒をつくってちょうだい」

「こんな時間にか？　君こそ冗談を言うな」

それにはなにも応えず、理亜はつとソファを立って、キッチンの方へ歩いていこうとした。その腕を宗が摑む。

「甘ったれるのもたいがいにしろ」宗が言った。「酒に逃避するのもいいが、これ以上は体がもたないぜ」

「放してよ」

と理亜は、宗の手を激しく振り払った。「酒も飲まないで、どうやって生きていけるのよ」

二人の間を、気まずい沈黙が流れた。

酒を飲む、いや飲ませない、の口論は二人にとって半ばなれあいになっている。それが、今日に限って、これほど激するのには理由があるのだ。

怯え――。

彼等は、《神》が見せた力に怯えているのだった。いとも簡単に、ベースキャンプを壊滅状態に追いやってしまうほどの、《神》の力に――。

ぼく？

ぼくは、怯えが半分、後悔が半分というところか。

みぞれの夜から一週間、ぼくはアパートにも帰らず、彼等と寝起きを共にしていた。勿論、カリフォルニア大学の客員講師の口は、棒に振ることになった。今度こそ、河井教授を完全に怒らせてしまったろう。つまり、学問の世界が、ぴしゃりとその門を閉ざした、という訳だ。彼等を手伝えば生活の心配はないとはいうものの、これは、ぼくにはかなりきつい選択だった――そのあげくが、些細なことでいがみ合う宗と理亜を、仲裁しなければならないのだ。

多少は後悔しても、不思議はない。

ぼくが溜息をひとつついて、二人の間に割って入ろうとした時、ドアが開いて、芳村老人が部屋に入ってきた。

「駄目だ」芳村老人は、どかりと椅子に腰をおろすなり言った。

「どうしても、彼等と連絡がとれない」

ふいごのような、大きな息を吐く。

「あのチームは、どうやら全滅したらしい」

ぼくたち三人は、互いに顔を見合わせた。

「しかし」

とぼくは声をふりしぼった。「あれだけの規模を持つチームが、そう簡単に全滅するとは……」

「したんだ」

芳村老人は額に手を当てて、ぼくの言葉を遮った。いつになく強い口調なのは、さすがの彼も動揺しているからだろう。

及川、佐久間、クリス、どのひとりをとっても、絶対に死にそうもない連中だ。それが、こうもあっけなく、やられてしまうものだろうか？

やられたのだ。ただひとりの人間を、除いては……。

インターフォンが鳴った。

ぼくたちの眼は、反射的に部屋の隅にとりつけられてあるテレビセットへと、吸い寄せられた。誰かがインターフォンを押すと、自動的に、扉の端に埋め込まれているテレビアイが作動するようになっている。セットしたのは、ぼくだ――。

う、というような声が、宗の咽喉から洩れた。

及川なのだった。

が、彼の、これはなんという変わりようだったろう？　仕立てのいいダークスーツは、埃りをかぶって、ところどころほころびさえしている。髪はざんばらに乱れて、前に垂れている。なにより、あの端正だった及川の顔が、どす黒い浮浪者めいたものになっているのだ。

「状況は、説明するまでもないだろう」

及川は、インターフォンに向かって言った。「今の俺は、窮地に立たされている。ここでなんとか名誉回復をはからないと、計画そのものが中止されてしまうんだ」

そこまで言って、彼は激しく咳こんだ。咳がひとしきり続いて、やっとのように顔を上げる。眼が血走っていた。

「こうなれば、あいつを――ジャクスンを捕える以外、手はない。あんたたちが教えてくれたジャクスンの居所というのは、バルトというオデッサの幹部の屋敷だった。桜木町の、K公園の近くだ。俺ひとりじゃどうしようもない。明日の夜零時、バルトの屋敷まで来てくれ……」

「待って！」

と理亜がインターフォンに叫ぶのと、宗が部屋を飛びだしていくのが、同時だった。

テレビセットには、もう誰の姿も映っていない――

祈るような気持ちで、テレビセットを見つめているぼくたちの眼に、やがて宗の姿が入ってきた。

「どこにも見当らない」彼はしわがれた声で、ぼくたちに報告した。「及川の野郎、どこかに消え失せちまった……」

2

これは、ぼくの単なる直感にすぎないのだが、《古代文字》は多義的な単語を持たない、そんな文字ではないだろうか？　多義的もなにも、ただ一つの単語さえ読解できないのではないか、と言われればそれまでだが……。

いや、勇気をだして打ち明けよう。

実は、この直感が、意外に行き止まり《デッド・エンド》を打開する鍵になるのではないか、とぼくは考えているのだ。

少し整理してみよう——。

ぼくが、ある未知の言語を翻訳しようとする時、通常二つの方法をとる。

一つは、言語が当然持っているはずの再帰的構造から、その言語を解析していく方法だ。

適当な例を思いつかないのだが、仮に、〈赤い花＝赤い＋花〉という言語式を取りあげてみよう。これを文法式に直せば、〈名詞相当語句《N》＝形容詞相当語句《A》＋名詞相当語句《N》〉ということになる。つまり〈赤い花〉と〈花〉とでは、同じ名詞相当語句《N》であっても、具体的な単語レベルでは異ったものになる訳だ。勿論、〈赤い花〉の方が、単なる〈花〉よりもレベルが高い……だから、〈A＋N〉というあるひとつの規則を与えられれば、〈A＋A＋A＋……＋N〉という構造文を解析することが、論理的には可能になる。

　これを、再帰的構造と呼ぶ。

　もう一つの方法は、置換、代入記号式によって、文を解析していくやり方だ。いつも例をあげるようだが、〈私はリンゴを食べる〉も、〈リンゴを私は食べる〉も、文の意味に変わりはない。これを記号式で表わせば、〈N+X（は，が）〉＋〈N+X'〉＝〈N+X'〉＋〈N+X（は，が）〉となり、左辺と右辺は互いに置換可能である、と読む。ま、翻訳をする時には、こういった規則が約九五〇、コンピューター翻訳だったら三〇〇もあれば充分だ——。

　この二つの方法が、いかなる個別言語を解析するのにも有効である、ということは、とりもなおさず、言語が人間の脳によって規制されている、という証しでもある。

　人間の記憶には二種類ある、といわれている。長時間記憶と、短時間記憶だ——二つのうち言語に直接関係するのは、無論短時間記憶の方なのだが、この短時間記憶の容量は僅かに七〜九ユニット以下にすぎない。

　関係代名詞が七重以上入り組んだ文を、人間が理解できないのも、実はこのためなのだ。

　つまり、言語構造は、それが人間のものであれば、必ず枝分れ構造《トリー》になっている。

論理記号が二つしかなく、関係代名詞が一三重以上入り組んでいる——この二つの事実が、ぼくをして、《古代文字》は枝交叉《トリー》構造になっているに違いない、と思わせた。が、本当にそうなのだろうか？

今になって思うのだが、ぼくはいくらか早計にすぎたようだ……それが、ぼくたちの知る枝分れ《トリー》構造と著しく違うものにしろ、《古代文字》もなんらかの形で枝分れ《トリー》構造になっている、とは考えられないだろうか？

なぜなら、枝分れ《トリー》構造は、論理的な構造であるからだ——。

論理レベルが違うものに人間の論理を適用しようとするのがいかに危険であるか、を承知のうえで、ぼくはそう考えたいのだ。

仮に、《古代文字》の論理レベルと、ぼくたちの論理レベルがまったくずれたものだ、とする。だとすると、ぼくたちが《古代文字》を文字であると判断し得るのを、どうやって説明したらいいのだろう？

この直感は、どこからくるのか？

《古代文字》が、二つしか論理記号を持たず、しかも関係代名詞が一三重以上に組み合わさっている、という性質にもかかわらず、なお枝分れ《トリー》構造をとり得るとしたら……総ての単語が一義的であるからだ、とでも考えなければつじつまが合わない。

勿論、今はまだ仮説とも呼べない、ほんの思いつきの段階にすぎない。だが、この思いつきだけが、《古代文字》に再度アタックするための、唯一のとっかかりなのだ——。

オデッサのアジトだからといって、外観に特異なところがある訳ではない。古い石塀に囲まれた、赤煉瓦造りの二階建て洋館……この高台の住宅街では、むしろ、ありふれた建物なのだ。

門の石柱に打ちつけられた標札の、〈J・バルト〉の文字。

その門の鉄柵をとおして見える中庭《パティオ》に、二台の車が置かれてあった。MGと、ベンツだった。及川が乗るとしたら、どちらの車が相応しいんだろう？　なんとも言えなかった。ベンツのようでもあるし、MGのような気もした。

実のところ、彼が来てるかどうかさえ、はっきりしないのだった。

「ばかに遅いな」

フロントごしに洋館を見つめながら、宗が言った。指で、神経質にダッシュボードをはじいている。

ぼくは腕を上げて、時間を確かめた。

零時二〇分——。

「なにか、手違いがあったんじゃないかな」

とつぶやいて、ぼくは芳村老人に顔を向けた。「どうでしょう。踏みこんでみたら？」

宗も、同意するように振り返った。

芳村老人は、しばらく黙っていた。洋館二階右端の窓に点っている明りが、彼の瞳に小さな火をつけている。やがて、ゆっくりと首を振って、

「もう十分だけ待ってみよう」

無表情にうなずいて、宗は顔を前方に戻した。ダッシュボードの下に手をやって、拳銃をとりだす。ブローニングだった。

「こいつを使うようなことに、ならなければいいのだが……」

手慣れた動作で、銃把から弾倉をはじきだして、

「島津さんは、拳銃をあつかえるかね？」

「いや、さわったこともない」

宗は肩をすくめて、弾倉を銃把に押し入れた。手応えを確かめるように、空中に、一、二度打ち振った。

銃声――。

ギクリと体をこわばらせたぼくたちは、次の瞬間、銃声が聞こえてきたのは洋館からだった、ことに気づいたのだ。

反射的に、身を躍らして、車をとびだしかけた宗に、

「待て」

と芳村老人が声をかけた。「慌てるんじゃない。今の銃声を、他に誰か聞きつけているかもしれない」

いかにも金がかけられていそうな、またそれだけにひどく没個性的な邸宅を、いくつも両側に並べて、長い坂道が桜木町の方にまで続いている。その桜木町界隈の淡いあかりに、住宅街の連なりが黒く浮かびあがって、なにか夜明けの峡谷《キャニオン》を見るようだった。遠くを走る国電の、ガタガタ、という音が微かに聞こえてくるだけで、近くの物音はなにもなかった。ここらの住人は、お上品な都会人ばかりなのだ——。

「いいだろう……行こう」

芳村老人は、さっさと車をおり、ぼくたちを促すように振り返った。眼が鋭い。

道を斜めに横切る。

左右にすばやく眼をくばって、宗が門の鉄柵に手をさしいれた。かんぬきを外す。玄関までの道のりを、互いに肩をぶつけあいながら、ぼくたちは一気に走りぬけた。強く、

バラの香りが漂っていた。ドアには、鍵がかけられていなかった。ノブに手をかけた宗が、芳村老人を振り返った。もう一方の手に握られているのは、あのブローニングだ。芳村老人がうなずくのと同時に、肩で押すようにして宗がドアを開けた。

入る。

西部劇映画でよく見るような、南部の邸宅ふうのつくりだ。ホールの高い天井にぶらさがっているシャンデリアこそともされてはいなかったが、フロアスタンドがオンにされていて、どうにか不自由しない程度には眼が利いた。もっとも、ワインレッドの絨毯が床いっぱいに敷きつめられていて、つまずいたところで怪我をする心配はなさそうだった。曲線を描いた階段の下に、枯草色で統一されたソファとラウンジチェアが置かれてある。

しっとりとした、趣味のゆきとどいた応接室だった。その部屋では、床に転がっている二個の死体さえ、分をわきまえてひかえめに見えるのだった――。

なにが起こったかは、絵に描いたようにあきらかだった。二人の男が死んでいて、ひとりは火かき棒を、もうひとりは拳銃を、それぞれの手に握っているのだ。

拳銃を握っている男は、及川だった。

ぼくたちに向けられている彼の顔は、血と脳漿とでだんだらに汚されていて、その頭蓋はパックリと割れていた。彼がかけている眼鏡がまったく無傷なのが、なにか悪い冗談のように思えた。

「あいうちだな」

宗が、乾いた声でつぶやいた。「そいつが、バルトという男だろう」

わら色の髪を刈りあげた、初老の大男だった。ジョッキを持たせて、ワグナーを流せば、いかにもさまになりそうな男だ。ただし、死んでしまった今となっては、血で汚れた火かき棒を握っているのが、もっとも似合うようだった。

「誰かに見られないうちに、ここを出た方がよさそうだな」芳村老人は言った。「もしかしたら、罠かもしれない」

「いや、罠なんかじゃない」

という低いバリトンが、頭の上から聞こえてきた。一斉に振りあおいだぼくたちの眼に、階段に立っているひとりの男が映った。

アーサー・ジャクスン――。

ぼくが、《古代文字》にかかわるようになったその最初の時と同じように、ひどく芝居がかった登場のしかただった。

ゆっくりと、階段をおりてくる。

「なるほど……ようやく、ジャクスン氏と対面できた訳か」

芳村老人が、意外に平静な声でつぶやいた。確かに、今、階段をおりてくる男には、叫びだしたいほどの迫力があった。が、彼は、ぼくたちにとって未知の存在ではないのだ。彼の正体が、霊感能力を持つアメリカ人である、ということは分っているし、なにより理亜のおかげで、霊感能者とのつきあい方も充分心得ているつもりだ。用心するのは勿論だが、必要以上に怖れることはない。

「罠なんかじゃない」

アーサー・ジャクスンは、今度は英語で言った。からかっているような声音だった。

「けっこうだ」宗が、しわがれた声で言った。「それじゃ、黙って俺たちと来てもらおう」

ブローニングを持つ腕をまっすぐに伸ばして、その銃口をピタリとジャクスンの胸板につきつける。

「殺しは苦手だがね……あんたを殺すのは、それほどむずかしくない気がするぜ」

「礼儀を知らない男だな」

つぶやいて、ジャクスンは宗の顔を真正面から見すえた。

宗の手から、ブローニングがふっとんだ。ぐ、というような声をあげて、宗は手首をおさえた。床に落ちたブローニングが、空ろな音をたてる。宗は右手首をおさえたままで、ヨロヨロと後ずさった。美しい顔が、苦痛に激しくゆがんでいる。

「面白い手品だ」

と芳村老人が足を一歩踏みだし、自分の体で宗をかばうようにして、言った。さすがに顔が蒼い——。

「君が優れた霊感能者だ、ということはよく知っているよ。いまさらデモンストレーションしてみても、始まらないと思うがね」

「そこにいる若い男に、礼儀を教えただけだよ」

「礼儀？　死体が二つあるんだよ。しかも、そのうちのひとりは、我々のよく知っていた男だ。礼儀どころじゃないだろう」

ジャクスンは、階段を離れて、ゆったりと足を組んで、ラウンジチェアに腰をおろした。

薄笑いを浮かべて、

「それにしても、興奮するほどのことはない。その二人は、言い争っているうちに、つい殺し合うことになってしまった……誰が見ても、そう思う」

「君は、その時どうしていたのかね？」

「答える必要もないが……怪しいといえば、君たちの方がよっぽど怪しいんだよ。こんな夜更けに、拳銃を持って、他人の家に押し入ってきたんだからね……まあ、うるさい話は、お互いによしにしようじゃないか。とにかく、私が手を下していないのは、確かなんだから」

「そうだろうな」

と、低く芳村老人が言った。「その二人が死ぬはめになったのは、《神》のせいなのだから……」

ジャクスンの表情は、ほとんど変わらなかった。痙攣に似たまばたきを、二、三回、繰り返す。

「私の心配していたことが、とうとう起こってしまったようだな。オデッサと、CIAに、かまけすぎていたかもしれない」

やがて独白のように、彼が言った。

宗が、やや上ずった声で、

「なにを言ってるんだ？　そいつは、どういう意味なんだ？」

ジャクスンはそれに応えようとせず、射るような視線で、ぼくたちを見つめた。その激しいまなざしの裏側で、今、どんな考えが渦巻いているのか、ぼくはそら恐しい気がした。

「……そこの及川という男がひきいるグループと、オデッサの二つが、《古代文字》を解読しようと必死になっていたのは、君たちも知っているだろう。ロバの背に釣竿をくくりつけて、その鼻先に人参をたらしてやるのが、《神》のもっとも好きなゲームなんだよ。しかも、二頭のロバが同じ人参を狙っている、ときたらもうこたえられなかっただろう。そんなゲームで、これ以上の犠牲者をだしたくない、と私は考えた。だから、《古代文字》をちらつかせてバルトに接近し、及川をも刺激した訳だ。犠牲者が二人ですめば、上出来じゃないかね？　それに、《古代文字》を解読して、世界を意のままに動かそう、などと考えた連中だ。死んだって、文句を言える筋あいじゃない……だが、君たちには、かけひきなしで、私のやっていることを説明した方がよさそうだな」

「聞こうじゃないか」

と芳村老人は応えて、ソファに腰をおろした。ジャクスンと、真正面に向かうような形になった。

「君は、《古代文字》が世の中にでるのを、なんとかして防ごうとしている。どんな訳があるのか、ぜひとも聞きたい」

ぼくと宗とは、互いに眼を見交した。肩をすくめると、宗は芳村老人の隣りに坐った。

ぼくだけが立っているのも、おかしな話だ。ぼくもまた、空いているラウンジチェアに腰をおろした——話し合いの態勢が、整ったようだ。ジャクスンはしばらく黙っていたが、やがて、

「私の母はユダヤ人《ジュー》だった」

ポツリと、暗い感じの声で言った。

「だからという訳ではないが、私はやはりヘブライ民族を〝選ばれた民〟だと考えたい。砂漠という過酷な環境のせいなのだろうか……私には、彼等だけが、《神》の正体を知ることができたように思える」

「ねたむ神、か？」

「そう……〈汝の神ヤハウェは、ねたむ神なれば、父の罪を子にむくいて、二、三代におよぼし——〉、旧約聖書のヤハウェ神こそ、《神》の真の姿ではないだろうか？」

「本気でねたむほど、《神》が我々に関心を持っているだろうかね」

「……どんな言葉を使えばいい？　私は霊感能者だ。私にとって、《神》が存在するのは、疑いようのない事実なのだよ。ところが、いざ彼のことを説明しようとすると、不正確な表現しか思いつかないのだ。そのあいまいさが、カトリック的な〝存在の類比《アナロギア・エンテンス》〟を導いて、結局は総てを混沌とさせてしまう」

「私は、君が自分の役割りを説明するのを、待っている……ぐちを聞きたい訳じゃない」

ジャクスンは、顔を上げて、芳村老人を見つめた。自分を相手にして、一歩も後へ退こうとしない芳村老人に、畏敬の念を抱き始めたようだった。

「分った……話は手短かにすませよう」

と彼はうなずいた。「《神》となんらかの形で契約を結ぶことで、力を獲得しようと考えた人間は多い……たとえば、モーセだ。モーセは、ヤハウェ神の恐しさを利用して、独裁政権をうちたてようとした、とは考えられないだろうか？　エジプト王朝の奴隷として悲惨な境遇を強いられていたヘブライの民を、解放しようとした革命家のモーセが、自ら独裁者の道を選ばねばならなかった、というのは皮肉な話だが……考えてみるがいい。ヤハウェ神の言葉だとされた十戒は、当時、ごろつき集団以上のものではなかったヘブライ民族を、より少い摩擦で遊牧民族に再構成するための、非常によくできた法律じゃないか」

「だが、失敗した」

「そうだ……モーセは、四十年もの間、ヘブライ民族をひきつれて砂漠を放浪したあげく、失意のうちに死んでいった。スケールこそ違うが、そこで死んでいる二人の男と、事情がよく似ているとは思わんかね？」

「君は、まさかモーセの十戒を……」

「確かに、素朴な道徳律かもしれないが……ただそれだけのものだったら、こうまで深くユダヤの歴史に刻みこまれるものだろうか。私は、そこに《古代文字》がなんらかの形で関係していた、と考える」

「そして、ユダヤ人の悲惨な歴史か……」

「そうだ」ジャクスンはうなずいた。「それが、《神》のやりくちなんだ。かれと取りひきしようとひとりの人間が考える——その結果、恐しく多勢の人間が苦しむはめになる」

「一体、《古代文字》とはなんなんだ？　誰ひとりとして解読することができない。だが、それが文字であることは、誰もが感じとる。まるで……」

　と芳村老人が絶句するのを、嘲るように、

「まるで、《神》のように」

　ジャクスンが言った。「人間だけが持つ渇き——己の生に意味を見いだしたい、というあの熱情——が、種の特質なのか、それとも、二次的に《神》によって与えられたものなのかは、私にも分らない。だが、《神》はそこにつけこんでいるのだ、とは断言できる。多分、《古代文字》は、おびき餌のようなものなのだろう……《神》が人間と遊ぼう、と考える。そこで、《古代文字》が人間の眼にふれる訳だ。人間のなかでもとりわけ優れたのが、まんまと《古代文字》に吸い寄せられてくる。再び歴史が転がり始める……それも、悲惨な歴史が、だ」

「まるで、自分が《神》のような口ぶりだな」

と宗が皮肉な口調で言った。「俺には、まったくのたわ言のように聞こえるぜ」

それにはとりあおうとしないで、

「私は、《古代文字》が人間の前に現われたのは、大きく三つの時期に区分できる、と推測している……最初のそれは、人間を、とにもかくにも精神的に自足していた自然的動物から、神経症的動物に追いやった。次の時期は……多分、BC六〇〇年から、BC五〇〇年にかけてのことだったろう。この時期、ふしぎと偉大な人物が世界の各地に輩出している。エレミヤ、釈迦、孔子、というぐあいにだ。人間の進路が確立された時期、と言えるだろう。その進路が、どれほど汚辱と悲惨に満ちたものだったかは、説明するまでもあるまい」

ジャクスンは、ふいに言葉を切った。自分が、いつの間にか、ほとんど叫ぶようにしていたのに気がついたのだ。呼吸を整えると、

「そして、今、ようやく人類のなんパーセントかが、どんな意味での背信を意識することもなく、《神》などいない、と言い切れるようになった時……世界のあちこちから、《古代文字》が発掘されだした。《神》はてこいれにとりかかったんだよ」

「それが、君が《古代文字》を壊して歩く理由なのか？」

　と芳村老人が言った。落ちついた暗い表情だった。

「そうだ」ジャクスンは応えた。「ぐあいのいいことに、《古代文字》を権力への扉だと錯覚している人間は多い。私の仕事は、連中においしい餌をちらつかせて、隙を見つけて《古代文字》を復元不能にする、ただそれだけのことだ……今回のスポンサーはオデッサ、スペインでは、ギリシァの海運王と呼ばれる男が援助してくれた」

「あんたは、本当にそれで満足なのか？」

　宗が、変に咽喉にかかった声で言った。「ひどい目にさえ遭わなければ、人間が《神》に隷属したままでも、気にならないのか？」

　ジャクスンは、宗をチラリと一瞥して、

「かれは、我々の想像を絶した存在なんだ。人間が、かれをどうこうするなど、所詮不可能なことだよ……かれがいかに悪意に満ちた存在であろうと、我々はそれにあまんじるしかないんだ」

彼の声は、終りにちかくなっていくにつれて、しだいに陰惨な、苦渋に満ちたものになっていくのだった。

「中国の昔話に、超猿《スーパーエイプ》の話があるのを知っているな。人間ってのは、結局、あの猿なんじゃないかね？ どんなに遠くまで行っても、《神》の掌から逃げだすことはできないのさ」

沈黙——。

ぼくは、底深い無力感が、ぼくのうちに滲んでいくのを感じていた。ともすると呑まれてしまいそうなやりきれなさから、逃れたいという一念が、「だから？」とぼくに口走らせたのだった。

ジャクスンが、チラリと無機的な視線を、ぼくに向ける——。

「だから、奴の前にはいつくばったままでいろ、と言うのか？ 奴が好き勝手にふるまうのを、忘れてしまえと……」

ぼくのたかぶった声に、ほとんど重なって「あんたは、確かに優れた霊感能者かもしれない。多分、ナザレのイエスをのぞけば、《神》に最も近くまで接近することのできた人間だろう……だが、だからといって、あんたが負け犬だ、ということに変わりはない」

とこれも激した口調で宗が言う。

ジャクスンは、かすれたような笑い声で、ぼくたちに応えた。

「若いな」

気のめいるような口調で、それだけをつぶやくと、眼を芳村老人に返す。「あなたなら分るはずだ。人間にできるのは、いずれ限られたことだ、と……どうだろう？　この二人が、及川という男の二の舞いにならぬよう、あなた自身の口から、一切《古代文字》から手を引こう、と言ってもらえませんか？」

芳村老人は黙って、煙草をシガレットケースからはじき出した。指でしばらく弄んでいたが、そのまま火を点けることもなく、クシャクシャとつぶしていき、やがて二つに折る——。

「戦争からこっち、ずっとかれを狩りだすことばかり考え続けていた……」

と芳村老人は、なにかを確かめているような、抑揚のない口ぶりで言った。

「そして、ようやくとばくちが見つかった、と思ったところへ、あんたのような化け物が現われて、手を引け、と言う……面白いものだな」

顔をあげて、キッパリと、

「はっきり言おう。君の言うこと、やってることは、敗北主義者のそれ以外のなにものでもない。挫折した革命家たちが、よく君のような口ぶりをする。わけ知りの妙にシニックぶった口ぶりを、ね……いや、残念だが、君の忠告をきく訳にはいかんようだ」

ジャクスンの表情が、激しくゆがんだ。

「敗北主義者？　なるほど、この私が敗北主義者か。結局、あなたも日本人のひとりだ、ということだな……いざとなると、バンザイアタックのくせがでてしまう訳だ」

芳村老人は僅かに眉をくもらせただけで、ジャクスンの挑発にのろうとはしない。

「いや、いろいろ参考になりました」

と軽く頭を下げて、行こう、とぼくたちに眼で合図した。

え、というような声をあげて、芳村老人の顔を見返す宗とぼくとに、

「これ以上、ここにいてもしかたあるまい。そろそろ退け時だ……熱いスープがほしくなったよ」

うむを言わせぬ強い口調だった。

不得要領のまま席を立つ宗とぼくとに、眼もくれようとしないで、ジャクスンはテーブルの上に組んだ自分の手を見つめていた。彼もまた老人なのだ。熱いスープに思いを寄せているのかもしれない。

「それでは失礼しよう」

と歩きかける芳村老人を、ややかすれた声で、ジャクスンが呼び止めた。

「あなたは、《神》に会いたいとは思わないかね?」

ビクリ、と体を慄わせて、芳村老人は肩ごしにジャクスンを振り返った。

「かれに?」

「そう……《神》を見るには、ある種の場《フィールド》をつくることが必要だ。私にはそれができる」

「私のために、その場《フィールド》をつくってくれる、というのかね?」

「もし、あなたが望むならば、だが……」

しばらく、お互いの顔を見つめ合う。

「芳村さん!」

たまりかねたように宗が叫んだ。「危険だ。のっちゃいけない」

芳村老人は、宗を見向くことさえしなかった。

「どうして、私のために?」

「かれを見て、それでもまだ、私を敗北主義者と呼べるかどうか……そいつを確かめたい」

芳村老人はうなずいて、

「行こう」

ぼくは芳村老人の腕を摑んで、引きずるようにしてぼくの方を向かせた。

「やめた方がいい……」自分でも、声の上ずっているのが分った。

「罠にきまっている。彼は信用できない」

芳村老人は、ほとんどまばたきさえせずに、ぼくの顔を見つめた。もう一方の手で、ぼくの腕をゆっくりと外す。

「三〇年だよ」彼は言った。「この三〇年間を、《神》は実在する、とそればかりを証明しようと奔走してきた。今、そいつを、この眼で確かめることができるのだ」

「芳村さん!」

宗が、激しくかぶりを振ってなにかを言いかけ、言葉にならず口ごもる。

「私は見たいんだよ」

平静な声だった。が、その平静さに裏打ちされた強烈な意志を変えるのは、誰にもできないことのようだった——

「場《フィールド》をつくるには、それなりの準備が必要でね。私のマンションまで来てもらいたい」

それだけを言って、ジャクスンはソファを立ち、ぼくたちの脇をすり抜け、ドアに向かって歩いていった。まったく躊躇せず、芳村老人もジャクスンの後を追おうとする。

「俺たちも行くよ」

と宗が声をかけるのに、しぶしぶのように足を止める。「招待されたのは私だけのようだ。なに、心配はいらない。すぐに帰るよ……及川君の死体だけでも、始末しておいた方がいいな。警察が我々に眼をつけるようなことにでもなったら、やっかいだ」

一息、言葉を切って、

「理亜君の世話をよろしくたのむ」

そのまま、ドアを開けて待っているジャクスンの脇を、すり抜けていこうとする。

「芳村さん！　たのむから、思いとどまってくれよ」

となおも声をはりあげて、宗が後を追おうとした。

「来ないでくれ！」

叱りつけるような口調だった。「これは、私の仕事だ」

ドアが閉まった。

ぼくたちは、なすすべもなく、呆然と立ちすくんでいた。

じゃりを踏む靴音が遠ざかっていき、やがて、車のエンジンのかけられる音が聞こえてきた。それで終りだった。他には、なにひとつ聞こえてこなかった——

「大丈夫だろうか」

とぼくはつぶやいた。

宗は応えようとしなかった。多分、ぼくの言葉は、耳に入りさえしなかったのだろう。

3

その埋めたて地は、厚く盛り土をしたうえを生コンクリートで塗り固め、更に土を盛ることで、どうにか〈M工業建設用地〉の体裁を整えていた。多摩川下流のはやい流れのなかを、扇形に拡がって、ひどく不安定に横たわっている。

工場廃液の臭いが、痛く眼をつく。

ほとんどありえないことのようだが、この死んでいる土地一面に、すすきが茂っているのだ。重油と工場廃液にいじめられて、茶色く立ち枯れてはいるのだが、とにかくすすきの群生地には違いない。

対岸を黒く塗りつぶして、重工業コンビナート群の巨大な影がそびえている。フレアスタックの吐きだす真紅の炎が、遠眼にもめらめらと毒々しかった。

そんなぬめりとした土壌に、足をもつらせながら、ぼくと宗とは、及川の死体を運んでいた。

二人とも、終始無言だった。

ぼくたちの喘ぐ声と、すすきの折れる音だけが、なにか現実のできごとではないかのように、奇妙に空ろに響くのだ。

闇、そして、唐突に眼の前に展ける多摩川の流れ——。

ぼくと宗とはピッタリ呼吸を合わせて、及川の死体を、二度、三度と振って、充分はずみのついたところで、川めがけて投げた。

うちあわせをする必要さえ、なかった。

思いがけず、高い水音がした。そして、それで終りだった。

ぼくたちは、暗い水面に眼を凝らし、よどんだ水音に耳をそばだてた。が、たった今、ひとりの男が葬られたのだ、という事実が信じられないほど、そこにはなんの変化もないのだった。

ぼくの胸のなかを、冷たいものがよぎっていく。

ぼくたちには、戦友の死を哀《いた》むトランペットも、いや、川に投げ込む花束ひとつ、許されないのだ。

ともあれ、及川は死んだ——。

「車に帰ろう」

と宗が言った。ぼくたちは踵を返して、今来た道を、黙って戻っていった。

テールライトを消して停めてあった車に体を滑り込ませると、宗はハンドルに両手を置いて、大きく吐息をついた。

「疲れたな……」

と、バックシートに這うようにして乗り込むぼくに、言う。

「ああ」

「この先に、ちょっと気のきいたドライブインがある。車で乗りつけても、黙って酒を飲ましてくれるのが、とりえでね」

「……そうだな。飲みたい気分だ」

よし、というようにうなずくと、宗はギアを入れて、車を発進させた。

彼にしてはめずらしく、制限時速にゆったりとゆとりをもたせて、車を走らせる。今夜は、ドライブを楽しむには、あまりいろんなことが起こりすぎたのだった。

「理亜を、ひとりにしておいても大丈夫だろうか？」

「寝てるだろうさ」

宗が応える。「出かける前に、睡眠薬を飲ませておいたし、今は皆が眠っている時刻だ」

夜の三時を回っていた――。

「ああ」ぼくはうなずいた。「念のために、電話をかければ済むことだしな。それに、彼女だって子供じゃない……」

フロントの隅に、イルミネーションで赤く縁どりされた〈ドライブイン〉の看板が見え、ゆっくりとアップしてきた。

停車する。

「ここだ」

宗は、なにもかも嫌になった、といわんばかりの緩慢な動作でエンジンを切ると、店を顎でしゃくった。

道路に面しているフロントが、大きな一枚ガラスになっているのが多少目新しいぐらいの、なんの変哲もない店だった。

「水割り」

店に入るなり、ひどくなげやりな調子で、宗はカウンターに向かって言った。

「最近、警察がうるさくなりましてね」

とバーテンが言いかけるのを、キッパリと無視して、

「電話借りるぜ」

と宗は、カウンターの端に歩いていった。

ぼくは、隅にあるテーブルに、崩折れるようにして腰をおろした。

煙草を、唇にはさむ。が、火を点けるのさえ、おっくうなのだった。

バーテンがカウンターから出てきて、なにか忌々しげに、水割りを二つ、テーブルに置いた。しばらく躊躇《ためら》っていたが、やがてあきらめたように、ぼくの煙草に火を点ける。

宗が、ぼくの正面に腰をおろす。

「どうだった？」

「出ない」

「じゃ安心だ……グッスリ寝てるのさ」

「そういうことだな」

と宗は一気にグラスを空けた。「心配なのは、むしろ芳村さんの方だ」

「あの人のことだ。ま、なにが起こっても、切り抜けるだろう……」

そうだといいんだが、と宗はつぶやいて、「ダブルでもうひとつ」

バーテンが、露骨に嫌な顔をする。

あまり酒に強い方ではない宗にしては、ひどく早いピッチだった。

「いいのか？」ぼくは言った。「これから、横浜まで運転していくんだぜ」

「酔っぱらい運転で死ねるなら、幸せさ」

宗が、テーブルの一点を暗い眼で見つめながら、吐きだすように応えた。「事故で殺されるよりは、な」

ぼくもグラスを高くあげて、バーテンに合図した。宗の言うことは正しい、と思ったのだ。

バーテンが運んできた水割りを、ほとんど同時に手にとって、どちらからともなくグラスを当てる。勝ちめのない闘いを、共に闘っている仲間への、それが挨拶がわりだった。

水割りの、歯に当る砕氷が、ばかに冷たいものに感じられた――。

結局、ぼくたちがその店を出たのは、朝も七時を回った頃だった。

〈理亜〉に、足を踏み入れて、ぼくと宗とは互いの顔を見合った。

奥の、理亜が眠っているはずの小部屋から、ビリー・ホリデイのラブソングがボリュームいっぱいに流れてくるのだ。私を捨てていった男が忘れられない、と黒人女歌手の咽喉をふりしぼる声が、フロアにガンガン響きわたっている。それは、胃に重くアルコールをためて、熟柿臭い汗に喘ぐぼくたちには、いささか緊迫感のありすぎる音楽だった。

「おかしいな」

宗が首をかしげて、つぶやいた。「理亜のやつ、なんでこんなに早くから起きだしているんだろう？」

ぼくは応えなかった。奇妙に胸騒ぎがして、足早にフロアを横切り、ドアを開けた。

キラリ、と光るものが、眼のなかに飛び込んできた。ほとんど反射的に体を沈める。なにか重量感のあるものが、ぼくの頭をかすめて、半ば開いているドアに当った。グシャ、とひしゃげるような音がして、ガラスの細片が四方に散った。その一片の鋭い縁が、ぼくの耳朶を切る。身をかわすのがもう一秒遅れていたら、ぼくの頭は柘榴のように割れていただろう——

なにをする、と叫んだぼくの声は、耳を圧するブルースにかき消されて、まったく聞こえなかった。

その方がよかったのだ。部屋を一眼見れば、理亜がなぜ水差しをぶつけたのか、一目瞭然だったのだから。理亜が床にひざまずいて、なにごとか泣き叫ぶ。ぼくの後ろで、宗もまた叫び声をあげた。ガンガン、と響くハイファイの唸り——

たまりかねて、ぼくはハイファイにとびつくと、そのスイッチをたたきつけるようにオフにした。斧でもあったら、たたき割りたいぐらいだった。

ふいに、部屋が静まり返った。

針のこすれる音がしばらく続き、それもやがて聞こえなくなる。

宗とぼくとが喘ぐ声と、理亜のか細いすすり泣きとが、奇妙なコントラストをなして、部屋に響いている。

「どこにいたのよ」

と理亜が、幼女のようにしゃくりあげる。「なにしてたのよ」

前のめりになって、宗が理亜の脇まで進んでいった。

「知らなかったんだ！」血がしぶいているような声だった。「こんなことになってるなんて、夢にも思わなかったんだ」

ガクリ、と床に膝をつき、かつて芳村老人だったものの上に、頭をたらす。

「だから止めたんだ」

床に両手までつきながら、宗が湿った声でつぶやいた。「あれほど俺が止めたのに、言うことをきかないから、こんなことになるんだ」

理亜の泣き声が、ひとしきり高くなる。芳村老人の頭を抱いて、激しく揺らしていた。

ぼくはといえば、後ろ手にハイファイに手をつき、どうかするとずり落ちてしまいそうな体をようやく支えていた。床にあおむけに倒れているのは、確かに芳村老人だ。そのことは理解できるのだが、それが、ぼくの頭のなかで、どうしても〝彼の死〟とつながらないのだった。

自分を取り戻すのは、やはり、宗が一番早かった。なんといっても、彼は場数をふんでいるのだ。

「こっちに来てくれ。島津さん」

肺の奥からしぼり出したような、苦渋に満ちた声だった。「ここに寝かせとく訳にはいかん……ソファまで運ぶのを、手伝ってくれないか」

「ああ」

ぼくはうなずいて、ふらつく足で部屋に進み出た。放すまい、というように死体にしがみつく理亜を、乱暴な動作でひきはがして、「あんたは足を持ってくれ」

と宗は、その両脇に腕を差し入れた。

ソファまで運ぶ。

死体の顔にハンカチをかぶせて、宗はゆっくりと理亜を振り返った。芳村老人の死体が自分の手から運び去られた時から、彼女は泣き声をあげるのを止めていた。床の一点を見つめている無表情な顔に、涙だけが、なにかの物理現象であるかのように流れている。

明らかに、理亜は狂いかけていた。

宗が、つまさき立ちで理亜に近づいていき、彼女の肩を抱いて立ちあがらせた。そのまま、体を支えるようにして、ベッドまで連れていき、坐らせる——。

ぼくは、サイドボードにあったジンをグラスに半分ほどついで、彼女に持っていってやった。

「気つけがわりだ」

とぼくが差しだしたグラスを、理亜は見向くことさえしない。瞳孔が開いてしまっていた。退行現象の、明らかな徴候だった。

宗がぼくに向かってうなずいて、グラスを受け取った。膝に力なく垂れている理亜の手を取って、抱え込むようにしてグラスを持たせる。

「飲みなよ……俺が、いいと言ってるんだ」

彼女は、ぼんやりと宗の顔を見上げて、その眼をグラスにおとした。

一気に飲む。

ブルッ、と体を震わせて、理亜は固く瞼を閉ざした。強く嚙まれた唇から、熱く長い息が洩れた。

しばらくその姿勢を保っていたが、やがてこころもち顎をしゃくるようにして、

「もう、大丈夫よ」

とかすれた声で言った。

「きついかもしれないが、説明してくれないだろうか？　いったい、芳村さんはどうしちまったんだ？ なぜ、こんな所で死んでいるんだ？」

「なぜ？ 私に分る訳がないわ。今朝、ノックもしないで、芳村さんが私の部屋に入ってきたの。どうしたんですか、と訊いたら、なにか言いかけて、そのまま倒れてしまったのよ。私が駆け寄った時には、もう……」

「今朝って、何時ごろだね？」とぼく。

「……分らないわ。本当になにも分らないのよ」

「大体でいい」

「そう……六時にはなっていなかったと思うわ。外が、まだ暗かったから」

六時か、とぼくはうなずいて、死体の方へ歩いていって、その脇に片膝をついた。ひとわたり、体に触れてみる――。

「どうだね？」

宗が訊いた。

「外傷はまったくない。内出血しているような様子も、なさそうだ」

「じゃ、なんで死んだんだ？　心臓麻痺でも起こしたんだろうか？」

「さあ、なんとも言えないが……」

顔にかぶせてあるハンカチを、とる。

激しくゆがんだ死に顔だった。

怯え？　いや、それは怒りの表情なのだった。志半ばにして、思いがけず死んでいかねばならなかった芳村老人のくやしさが、ぼくには痛いほどよく分かった。彼は、筋金入りの闘士だったのだ——。

宗が歩いてきて、ぼくの頭ごしに、伸び上がるようにして芳村老人の死に顔を見た。

「ちくしょう」

とうめき声をあげる。「ジャクスンの野郎……華僑を総動員してでも、ひっつかまえてやる。この人に、こんな死に方させやがって」

「とにかく、上着をぬがせよう。これじゃ、死因を調べようがない」

ぼくは立ち上がって、死体の胴に両腕を回そうとした。死体が僅かに揺らいで、その背広から、ヒラリ、と一枚の紙片が床に落ちた。

拾いあげる。

「手紙だ」

英文の、小さなタイプ文字が連なっているなかに、〈アーサー・ジャクスン〉と、それだけが手書きで書かれてある。宛名は〈兄弟たち《ブラザーズ》〉になっていた。

宗が、もぎ取るようにして、ぼくの手から手紙をひっさらった。血走った眼で、読み始める。

「よかったら、声をだして読んでくれないか」

ぼくは言った。

宗は顔を上げて、チラリ、と理亜に眼をやった。理亜は、膝を折ってベッドに坐ったまま、しきりに髪をなでつけていた。なにか偏執狂《パラノイア》を思わせるしぐさだった。

宗は、日本語に翻訳しながら、ゆっくりと声をだして手紙を読み始めた――。

「――芳村氏は、多分、霊感能力を持たないで、《神》を見ることのできた、史上最初の人間だったろう。私が提供した場《フィールド》のなかで、彼は、《神》の姿を見、そしてかれと闘った。そう、正しく闘ったとしか言いようがない。

どうやって、ということは、いちぶしじゅう目撃していた私にも、うまく説明できないようだ。芳村氏は、持てる精神力の総てをふりしぼって、《神》を糾弾した。《神》になんらかのインパクトを与えることができたかどうかは別にしても、それは、確かに人間というものを、私に再考させてくれる眺《シーン》めだった。一個の〝実存〟が、《神》と拮抗しうる、と信じきっている芳村氏を、私はうらやましいと考えた。彼は、まるで《神》が人格を備えている、とでもいうように身振りまで混じえてしゃべり続けた。そして、不幸な結果になってしまった。芳村氏は、精神力の総てを使い果たし、消耗しきった状態で、（彼の言葉をかりれば）会見を終った。彼は死ぬことになるだろう。私には、どうしようもないことなのだ。私にできるのは、せめて彼を君たちのアジトにまで送り届けて、仲間に見とられて息をひきとらせる、ぐらいがせいぜいのことだ。はっきり言おう。芳村氏は確かに偉大な人物だった。が、同時に道化でもあった、のではないだろうか？

死者に対する非礼を、承知のうえで言うのだ。もし、芳村氏が《神》の正体を暴こうなどという愚行にとりつかれさえしなかったら、それなりの業績を上げて、豊かな人生の秋を迎えることができたろうに、と思うと、あえて道化という言葉を使いたくなる。《神》の正体を暴くことなど不可能な話だ、と私は言った。が、今、こんな結果になって、私は自分の言葉が足らなかったのではないか、と後悔している。私はこう言うべきだったのだ——《神》の正体を暴きたい者は、まず自分がガラガラ蛇と同居できる人間かどうかを、自問してみるべきだ、と。かれは、いつでもそこにいる。気ままに、人を嚙むことができるのだ。そして、嚙まれた人間は、確実に死ぬ。

どうか、私の忠告を聞き入れてもらいたい。《神》など気にしないことだ。人生というのは、これで採り忘れた果実みたいなものだ。果肉が固くなっていても、まだ果汁を楽しむことはできる。繰り返そう。《神》から手を引きたまえ。

多分、私たちが会うことはもうないだろう。アイルランドの山岳地帯から、《古代文字》が彫られた石板が発見された、という情報が入ったのだ。これ以上、無益な犠牲者を出さないためにも、私はアイルランドに飛ぶ必要がある。こいつは、私自身が選んだ仕事だからね。

謝意と、愛とを込めて……」

宗は、一息言葉を切って、

「……PS。芳村氏は、確かに、私を敗北主義者と呼ぶことのできる人物だった」

宗の額に、細かい汗がふきでていた。眼を伏せたまま、ぼくに手紙を差し出す。

「いや」

とぼくは首を振った。「読みたくない」

宗はうなずいて、指を拡げて、手紙が落ちていくのにまかせた。

「そういうことだ」

ぼくが言う。

「ああ、そういうことだ」

宗が応える。

重苦しい沈黙が、部屋を支配した。ぼくたちは、互いに顔をそむけた。視線が合えば、いやでも相手がなにを考えているのか、を読み取らねばならない。ぼくたちは、今、同じ眼の色をしているはずだった。

「寒いわ」

理亜が、低い声で、訴えるように言った。

「そうだな……暖炉に火を入れるか」

とぼくが応えた声に、なにか促されたとでもいうように、

「いや、その必要はない。俺と理亜は、すぐにでもここを出ていく」

と宗が顔をあげて言った。

「出ていく？　どこへ？」

「そうだな……ひとまず香港へでも行くか。理亜の旅券《パスポート》は、ブラックマーケットに手を

回せば、今日の午後にでも、バッチリとした本物が手に入る……夜には出発できるだろう」

短く笑って、

「ジャクスンの言うとおりだ。《神》はとても歯のたつ相手じゃない。手を引いた方が、身のためらしい……親父、及川、芳村さん、もう沢山だぜ。いくじがないようだが、このまま続けると、今度は理亜が危ない……彼女だけは、なんとしてでも死なせたくない」

ぼくは掌を拡げた。

芳村老人の顔にかぶせてあったハンカチが、クシャクシャに丸まって、そこにあった。汗の匂いに混じって、微かにカビの匂いがしているような気がした。拡げて、死体の顔に戻す——。

「そうだな」

ぼくはつぶやいた。「考えてみれば、俺たちのやってたことは、空騒ぎだ。言葉を並べたてただけで、一歩だって《神》に近づくことはできなかった。そして、死人だけがやたらに増えていく……ドン・キホーテにしたところで、こうたて続けに風車に撥ねとばされれば、自分の莫迦さかげんに気づくだろう」

ぼくと宗とは、お互いの眼を見つめ合った。ほんの数時間前まで、ぼくたちの間にあったように思えた紐帯は、今はもう、あとかたもなく消えているのだった。

「あんたには、気の毒なことになったな」

宗が言う。

「いや、けっこう楽しんだよ。スリリングな夢を見させてもらった、と思えば、腹もたない……」

「華僑仲間に回状を回せば、大学教授のポストぐらい、すぐにでも見つかるよ。もし、日本の大学でなくてもいい、というんだったら……」

「ありがとう。気持ちだけ、もらっとくよ。なんとか、自分の力で出直してみるさ」

宗はなにか言いかけて、

「俺と来るだろう」

と断ち切るようにぼくから顔をそむけて、理亜に声をかけた。理亜は、操り人形《マリオネット》のように、ギクシャクとうなずいた。

ぼくは、口のなかで、う、とうめき声をあげた。もしかして、理亜はＯＫしないのではないか、という期待があっけなく崩れたのだった。

「悪いが、島津さん、理亜を少しの間、見ててくれないか？　そうと決まったら、準備しなければならないことがいくつかある……二時間もしたら、帰ってくる」

宗はぼくから眼を外らしたままで、それだけを言い残すと、そそくさと部屋を出ていった。

ドアを開閉する音、そして沈黙――。

ぼくは、足をひきずるようにして、理亜の坐っているベッドまで歩いていき、背中を丸めて彼女の脇に腰をおろした。

「煙草を喫っていいかい？」

理亜は応えない。急に、ぼくとは縁遠い、違った世界の住人になったようだった。

煙草に火を点ける。

「なにを考えているんだ？」

返事が返ってくる、とはまったく期待していなかった。だが、理亜とはこれが最後になるのだ。アンチクライマックスはあきらめるにしても、せめて優しい言葉の一つぐらいは欲しかった。

「芳村さんのことだったら、もう考えない方がいい……勝手な言い方かもしれないが、とにもかくにも、芳村さんは闘士として死んでいったんだ。俺や宗にくらべれば、よっぽど幸せかもしれない」

ぼくは口をつぐんだ。今更、なにを言っても、弁解にしかならないのだ。

「賭けはどうなるの？」

理亜が、ポツリと独言のようにつぶやいて、顔をあげた。蒼褪めた、恐しいほど美しい表情だった。「ね、私たちの賭けはどうなるの？」

「分らないのか！」

ぼくは叫んだ。怒り、というより、むしろ悲しみにちかい激情が、ぼくのうちで大きくうねった。

「終ったんだ。なにもかも、総て終ったんだ！」

ぼくは、無意識のうちに、理亜の肩を摑んで揺さぶっていた。彼女の表情は、変わらない。

「人間にできることなんて、たかがしれていたのさ。俺たちは、身のほど知らずの夢を見ていたんだよ。なにもかも、ガキの遊びだったんだ！」

理亜が、白い咽喉をのけぞらせて、澄んだ笑い声をあげた。ぼくは逆上した。その笑いは、卑劣な男たちを嘲っているかのように、聞こえたのだった。怒りで、眼の前が暗くなった。

理亜、と叫んで、ぼくは彼女をベッドに圧し倒そうとした。

こんなにも長い間、奇妙な熱情《パッション》にとりつかれていた自分自身を、その熱情の核であった理亜を犯すことで罰するのだ、という論理にもならない論理が、ぼくの脳裡によぎった。

ぼくの体の下で、懸命に身もがきしながら、理亜はその鋭い爪をひらめかせた。頬に、燃えるような痛みが走った。う、と小さく声をあげて、ぼくは理亜から離れた。

理亜はベッドから滑りおりて、小走りに部屋の隅まで逃げていった。背中を壁にぶつけるようにして、大きく肩を泳がせる。

ぼくは上体を起こした。

頬を手の甲でぬぐう。血……自己嫌悪と、それに数倍する屈辱感に、ぼくはほとんど泣きださんばかりだった。

「理亜……」

「出てって」

声がかすれていた。

「話を聞いてくれ……俺は」

「お願いだから、出ていって」

「俺はどうかしていたんだ。俺は、君が……」

「宗と一緒に行くわ」

彼女は、ぼくの言葉を遮った。「だから、出ていってよ」

腕を上げて、ドアを指差す。そして、顔を手で覆った。

言うべきことは、なにもなかった。ぼくはベッドからおりて、ほとんど無感動にちかい状態で、ドアまで歩いていった。ドアを開けて、振り返る――。

「出ていくよ」ぼくは言った。「だから、もう泣かないでくれ」

部屋を出る。

フロアを斜めにわたって、カウンターの止まり木に登った。

理亜を見ている、と宗と約束したのだ。宗が帰ってくるまで、ここでこうしていよう、と考えた。彼が帰ってきたら……黙って出ていけばいい。

漠然とした、予感めいたものはあった。

例の、《古代文字》には、多義的に使われる単語が存在しないのではないか、という仮説が、いつの日かなにかの役にたつだろう、という予感である。しかし、今になって、その仮説がどう役にたつ、と思いついたのは、なんといっても皮肉な話ではないだろうか？《神》から手を引こうと決意した、今になって……。

それはそうであるのだが、やはり、ぼくはそのインスピレーションに、知らずしがみついていた。

多分寒々としたフロアで、ドアを一枚へだてているだけの理亜と言葉を交すこともなく、ポッネンと坐っている、という現実を忘れさせてくれるものならば、なんでもよかったのだろう。たとえ、それが《古代文字》であっても、だ――。

勿論、なにを今更、と思わないでもなかった。総てはもう終ったのだ、とついさっき、自分の口から言ったばかりではなかったか。

宗が帰ってくる。別れの挨拶をする。クラブ〈理亜〉を出ていく――河井教授の逆鱗にふれた以上、それだけで、かつての日常を取り戻すことができる、と考えるほどぼくは脳天気な人間ではない。しかし、地方大学の講師の口ぐらいなら、いつでも手に入れることができる、という自信はあった。多少時間はかかるかもしれないが、いつの日か、中央に帰ってくることもできるだろう――。

なにを好んで、しょうこりもなく、《古代文字》のことなど考える必要があるものか。

忘れてしまえ――。

ぼくは溜息をついた。

カウンターの端に置かれてある電話に、手を伸ばして、受話器を取った。ダイヤルを回す。単調な呼びだし音がしばらく続いて、受話器が外れる音がした。

「はい、S大工学部研究室です」

木村の声だった。

「木村君か。ぼくだ。島津です」

「……」

「実は、ちょっと河井先生に、お願いしたいことがあるんだけど……呼びだしてもらえるかな」

「今、席をはずしている」

「そうか……何時ごろ、お帰りになるだろう？」

「君も、いいかげん鉄面皮だな」

暖かみのかけらもない声で、木村が言った。「先生は、君と話すようなことは、もうなさらない。カリフォルニア大学の件で、先生の面目は丸つぶれになったんだぜ。それに、良子さんのこともある。このうえ、先生になにをたのもうと言うんだね？」

ぼくは唇を嚙むことで、どうにか木村の挑発をやりすごすことができた。これが、この数年来一緒に仕事をしてきた同僚の言葉なのだ。

「ぼくにしてみれば、やむをえない事情からだったんだ……とにかく、先生にはいずれ日を改めて、わびるつもりでいる。先生がそちらに戻られる時間がはっきりしないようだったら、ことづけをたのまれてくれないか？」

「言ってみたまえ」

「どうしても、研究室の連想コンピューターを使わなければ、できない仕事があるんだ。三日、いや、二日でいいから、連想コンピューターを使うのを許可してもらえないだろうか？　勿論、今日の午後にでも、もう一度電話して、先生に直接お願いするつもりではいるけど……」

「伝えるだけは、伝えよう」

木村が、不意に興味をなくしたような口ぶりで言った。「俺は、君と違って、働かなければ食えない身でね。悪いが、これで切らしてもらうよ」

受話器のかけられる音――。

自業自得なのだ、と無理やりに自分を納得させながら、ぼくもまた受話器を置いた。

木村が顕わに示した敵意など、すぐにも気にならなくなった。他に考えなければならないことが、いくらでもあるのだ。

ぼくは、正面の壁にかけられてあるエッチングの裸婦に眼を据えながら、必死にその考えをまとめようとしていた。どうだろう？　本当に、連想コンピューターを使うことができたら、成功する可能性はどれぐらいのパーセントになるだろうか？

ドアが開いて、黒いスプリングコートを着こんだ宗が入ってきた。小さなボストンバッグを持っている。

「どうした？　なぜ、理亜と一緒にいてやらない？」

と咎めるように宗が訊くのに、ぼくは曖昧に笑って応えた。

「手続きは、すんだのか？」

「ああ……理亜はどうしたんだ？」

ぼくは、カウンターから離れながら、

「奥の部屋にいるよ……それじゃ達者でな。クリスマスカードぐらい送ってくれよ」

とすれちがいざまに、宗に言った。

「あんたもな」

宗もそれだけをそっけなく言うと、奥の小部屋に歩いていく。握手もなければ、別れの歌もない。挫折した男たちには、むしろ相応しい別離だったろう――。

ぼくは、背中にドアの開閉する音を聞きながら、ゆっくりと〈理亜〉の出口へと、歩いていった。

「待てよ！」

鋭く、宗の呼び止める声がした。

振り返ったぼくの眼に、凄い眼つきで迫ってくる宗の姿が映った。顔が蒼白になっている。

「どうかしたのか？」

と言いかけたぼくの顎に、大きくスイングした宗の拳が入ってきた。したたかに床にたたきつけられるぼくを、荒々しい身ぶりで宗が引きずり起こす。鉛のように重いフックが、腹にとび込んでくる。灼けつくような苦痛に、ぼくは体を二つに折って、激しく咳込んだ。

「来い！」

宗がぼくの腕を摑んで、小部屋の方に突きとばした。つんのめるようになりながら、小部屋に追い込まれる。ズルッ、と靴が滑りかけるのを、ようやくもちこたえて、

「う、う、う」

とぼくは獣めいた悲鳴をあげた。四周の事実が、あるひとつを除いて、急速に遠ざかっていく。そんな影の淀んだような視界に、そのひとつだけは、鮮やかな色彩を見せているのだった。

血の、赤――

椅子に腰をおろして、ぼくと向かい合っている理亜の、唇から咽喉に、糸のように細

く一筋の血がしたたっている。瞳孔が拡散して、眼全体が蒼みをおびている。唇がややまくれあがって、白い歯が見える——。

死んでいるのだ。

こめかみの脈動音が、増幅されてぼくの耳に入ってくる。嫌な音だった。その音を聞くまいと、両の手でこめかみを押さえた。厚い掌の肉を通して、その音はなおも聞こえてきた。生きているかぎり、その音から逃れることはできないのだった。

眼、とぼくはつぶやいた。その声は、あまりに低すぎたように思えた。いくらか、声を高めて、

「彼女の眼を閉じてくれ!」

ぼくは絶叫していた。突然、おこりにかかったような激しい胴震いが、ぼくを襲った。耐えきれず、ガクリ、と床に膝をついた。

「理亜が毒薬を持っているのを知っていて、とりあげることをしなかった俺にも罪はある」

宗が、籠ったような声で言った。

「だが、どうしてあんたは、理亜から離れたんだ……彼女が、根深い自殺願望を持っていたのは、あんただって知ってたじゃないか」

部屋に、誰かのすすり泣く声が聞こえていた。ぼくは顔を上げて、泣き声の主を確かめようとした……泣いているのは、ぼくなのだった。

宗が、夢遊病者のような頼りない足どりで、理亜に近づいていった。振り返る。

「どうした？　島津さん。死体をかたづけようぜ」

泣き笑いのような表情になって、

「もう慣れたもんだよな。なあ、そうだろう。島津さんよ」

彼のコートから航空チケットが舞い落ちた。チケットは、二枚あった――。

4

六月――。

スモッグに漂白されて、底浅くはなっているものの、それなりの明るさを含んで、空は連日晴れわたっていた。

夏の予感に、もう体を汗ばませながら、人々が忙しげに行きかう、ここ銀座。

そのソニービルに近い一角にある喫茶店で、ぼくは数人の若い男たちと対峙していた。

ＢＧＭに流れる、ラテンミュージック。

一様に油けのない髪を長く伸ばし、あかじみたワイシャツを腕まくりしている彼等——〈Ｓ大マルクス研究部〉の学生たちは、ぼくがテーブルに置いたぶ厚い封筒に、なかなか手を差し出そうとしなかった。

「どうした？　いらないのか」

とぼくが言う。

「島津さんは、もうＳ大の人間じゃない……どうやって、この書類を盗みだすことができたんですか？」

学生たちのひとり、なかでも最も禁欲的な表情をした男が、口早に言った。

「訊かないという約束だ。それに、盗みだしたという表現は、おだやかじゃないな。一時拝借したものを、コピーしただけさ」

「大変な執念だな」

別の学生が、皮肉な口ぶりで言う。「そんなに、あんな大学を追い出されたのが、くやしいものかね？」

「欲しいんだったら、ごたくを並べずに、さっさと持ってったらどうだ」

ぼくは、指で封筒をはじいた。「なんだったら、この話はなかったことにしてもいいんだぜ」

「俺たちの闘争を、彼の私怨を晴らすために利用されるのは……」

と禁欲的な表情をした学生が言いかけるのを、もうひとりの学生が手を上げて制した。

「ま、たてまえはそうだが、この際、島津さんの情報をありがたく利用させてもらおうや」

封筒を取り、ポケットにねじ込む。

「じゃ、そういうことで……」

とひとりが言うのをしおに、彼等は席を立って、出口へと歩いていった。勿論、レシートはテーブルに残したままだ。

ぼくはコーヒーの追加を注文し、唇に煙草をくわえた。窓の外へ眼をやる。

喫茶店を出た学生たちは、さりげなく左右に別れ、雑踏にまぎれていった。

煙草を灰にして、コーヒーをカップに半分ほど飲んで、テーブルを立った。

外へ出る。

視線の動きを隠すために買い込んだ濃いサングラスをかけて、左右を見た。眼の隅に、チラリと動く姿が、映った。角刈りの中年男が、電柱の陰からぼくをうかがっている。

有楽町駅の方角に、歩きだす。

背中に、ぼくを尾ける男の執拗な視線が、痛いほど感じられた。日生劇場に通じる細い路地を折れる。

そこにセリカが停車していた。小さくて、可愛い車だ。

ハンドルを握っている男が、突き放すようにドアを開ける。ぼくは、シートに身を滑り込ませた。

「公安だ。尾けられている」

とぼくが言うのと、その男がギアを入れて、車を発進させるのとが、ほとんど同時だった。

路地を曲がった中年男が、反射的に駆けだしかけて、そのまま立ちすくんで、ぼくたちを見送っている。

路地を抜けて、新橋の方角に折れる。

「どうだった？」

宗がフロントに眼を向けたまま、訊いてくる。

「のったよ」

「そうか……俺は、あの連中とたいして年が違わんからな。だましたってのは、あまり気分がよくない」

「どうしても、連想コンピューターが必要なんだよ。《神》を狩りだすためには、な。研究室の奴等が使わせてくれないとしたら、学生をあおって、校舎を占拠させるしか手はあるまい」

「学生たちが校舎を占拠している間は、自由にその連想コンピューターとやらを、いじくることができる訳だ……踊らされる学生たちこそ、いい面の皮だぜ」

「もう、よしたらどうだ?」

ぼくの声は、知らず高ぶっていた。「あいつに——《神》にひとあわふかせるためなら、なんでもやるはずじゃなかったか?」

宗はそれには応えずに、乱暴にカーブを切った。

ガクン、と体を圧しつけるショックに、ぼくは小さな声をあげた。宗が低く笑う——。

確かにぼくたちがとった手段は、恐しく汚いものだった。政府が秘密保護法を通そうとしている、というのがぼくたちが学生に投げた餌だった。反対運動を事前に封じるために、過激派学生が多いことで有名なS大等一一の大学に、文化祭を前期に行なうよう、保守党主流が要請した……ぼくが、ついさっき学生たちに手渡したのが、政府から各大学総長に送られた文書のコピー、という訳だ。

勿論、まったくのでっちあげだった。あのコピーにしたところで、偽造文書屋の協力よろしくを得て、ぼくと宗とがそれらしく捏造したものにすぎない。

ぼくが、かつてS大に籍をおいていた人間だということが、話に信憑性を与えるのに予想以上に役だった。

一週間を待たず、S大の学生たちは騒ぎだすことだろう。彼等の校舎占拠が成功しさえすれば、ぼくは好き勝手に連想コンピューターを使うことができる。

そして今度こそ、《神》を狩りだしてやるのだ。


昼のぬくもりに上昇し、宙に浮遊していた埃芥粒子が、今、沈んでいこうとする陽光を反射して、ファンタスティックな夕焼けを繰り広げている――。

微かに灰青色を滲ませているだけで、空は一面の緋色に覆われていた。静かだ。地上二八階にあるぼくたちの部屋にまでは、さしもの大東京の喧噪も伝わってこず、まるで広大な廃都がひっそりと燃えているように見える。

「明りをつけるな」宗が言った。「もう少し、この豪奢なパノラマを楽しませてくれ」

テラスに出ていくガラス戸の前に立ち、ウィスキーを片手に夕焼けを見ている宗の横顔は、ひどく年寄りめいて見えた。

「いいだろう……だが、夕焼けに気をとられて、俺の話を聞き流したりするなよ」

ぼくは、明りのスイッチから手を引き、自分の席に戻った。まず、ウィスキーを一口含んで、

「今、説明したように、仮に《古代文字》には多義的な単語がないとする……ぼくが今まで《古代文字》にほどこした処理のうち、まがりなりにも成功したと思えるのは、最少音素に分割する作業だけだった。勘違いされると困るんだが、決して発音が分ったと言うんじゃないよ。ただ、それがどんな風に発音されるかは不明だが、とにかく最少音素と一対応する、という具合に判断し得る――その程度にまでは処理できた、というだけの話だ」

宗が、ぼくを振り返ることさえしないで、グラスを振って見せた。分った、というサインなのだろう――どうかするとジゴロめいて見えた彼の顔つきが、ここ数週間のうちに大きく変わったようだ。落ちていく陽と対峙している今の宗には、かつての甘やかさは微塵もないのだった。

ぼくも同じ顔をしているのだ。

「ある英文を、その意味《セマンティクス》も構造《シンタックス》の延長として処理し、その総てを句構造に収斂させ、コンピューター言語に翻訳する……そして、連想コンピューターが、《古代文字》の最少音素のいくつかを無作為に抽出し配列したものを、その英文と対置させていく。

つまり、一方に、意味《セマンティクス》を内包した構造《シンタックス》を置き、もう一方に、まったくの構造《シンタックス》を対置させていく訳だ。勿論、ただ最少音素をめちゃめちゃに組み合わせるだけだったら、その組み合わせがなにかを意味することがある、という可能性はほとんどない……たとえ、宇宙の終焉まで、連想コンピューターが作動し続けた、としてもな。だが、まがりなりにも、構造《シンタックス》という鍵が与えられたとなると、かなり条件が変わってくる。つまり、連想コンピューターが、勘を働かす余地が出てくるという訳だな。連想コンピューターはかなりの試行錯誤を繰り返すと、必ず、どうすればより可能性が高い方へ進むことができるか、というコツを掴み始める。連想コンピューターの、連想たる所以だよ。しかも、あいつは生まれてからずっと、翻訳の仕事にだけタッチしてきているんだ……。確かに、構造《シンタックス》という制約が与えられたところで、《古代文字》の最少音素の可能組み合わせ数は、超天文学的なものになるだろう。だが、それがコンピューターにとってなんだ、と言うんだね？　それに、《古代文字》には多義的な単語は存在しない、という仮定をあらかじめインプットしてあるんだ。かなり楽になっているはずだ。必ず、最少音素が、スケールの英文と同じ意味になるように組み合わされる――そんな組み合わせに、行き当るはずだよ」

宗が、ゆっくりと首を回して、ぼくを見る。アルコールに充血した、殺伐とした視線だった。

「もし、あんたの考えていることが、まったくの的外れだとしたら……」

「おおいにあり得ることだな」

ぼくの声も、自然乾いていた。「大体が、仮説だけの話だからな。シミュレーションにしても、ずさんなものだ……だが、たとえ連想コンピューターが金的を射当てたとしても、俺たちがそいつを確かめる方法はないんだぜ。多分、連想コンピューターは、より可能性の高い組み合わせをいくつか――おそらく、万のオーダーで――アウトプットしてくれるだろう。連想コンピューターにしても、他にアウトプットのしようがない。そのなかに、はたして大当りがあるかどうか、それこそ《神》のみぞ知る、さね」

ふいに宗は踵を返して、大股に部屋を横切ると、明りのスイッチを押した。部屋が、白々とした明りのなかに、浮かびあがった。

「東京の夜景というのは、好きになれない」

となにか弁解のように、つぶやく。なるほど、テラスの向こうに展がっているのは、もうまったき闇なのだった。

ぼくたちがいるのは、狎《な》れるのをキッパリ拒絶しているような、没個性的な部屋だった。東京でも五本の指に入る、高級ホテルの一室なのだ。非合法活動も辞さないと決意したぼくたちには、ともすると官憲の盲点になりがちな高級ホテルは、かっこうのアジトだと言える。宗の名義になっていたクラブ〈理亜〉を売り払った金が、ほとんど手つかずで残っているのだから、なおさらのことだ。

ソファに体を投げだして、宗が訊く。

「連想コンピューターが仕事を済ませるのに、どれぐらいの時間がかかる？」

「そう……一週間、できれば一〇日欲しいところだ」

「学生たち、持ちこたえるかな」

「大丈夫だろう。話を持ち込んだ〈マル研〉には、自治会の執行委員という、その道の猛者が何人かいる。他の大学の外人部隊もいくつか合流するだろうし、一週間や一〇日は封鎖できるさ」

「……大学側が、機動隊を導入しても、大丈夫だと思い切れるかね？」

応える必要もなかった。ジュラルミンの盾の前では、学生たちが築くバリケードなど、積木細工に等しい。

「まず、半日とは持つまい」

と自分で応えると、宗はクッションの下に手を入れて、例のブローニングを取りだした。

「そいつを使うのはまずい」

ぼくは言った。「機動隊員に発砲なんかしたら、なかにいる学生がひどい目にあう」

「そうかね？」

宗はニヤリと笑って、

「さっきと立場が逆になったようだな。昼には、学生がいくらか犠牲になるのもやむえん、という口ぶりだったぜ」

「俺たちのデマのおかげで、学生たちが何十人か豚箱にぶち込まれることになるんだ。それで、充分じゃないか」

「違うな……学生が何人ぶち込まれようと、時間を稼ぐことができなかったら、いずれ同じことだ。最低、一週間は必要なんだろう？　やるからには、徹底しようじゃないか。なにをどうとりつくろっても、学生たちをはめて利用する、という事実に変わりはない。中途半端に善人面しても、始まらんだろう」

「非常の場合には、機動隊員を撃ち殺すのもやむをえん、というのか？」

宗は、ブローニングをクッションの下にもどしながら、黙ってうなずいた。

「その結果、学生たちがどんなはめになっても、か」

宗は、再びうなずいて、

「ま、そんな事態にならないように……」

と言いかけ、気がついて苦笑した。「祈ってみても無駄か」

「しかし、それは……」

「やめろ」

ふいに上体を起こすと、宗はぼくの顔を睨みつけた。

「俺たちの相手は、《神》なんだぜ。人間を駒みたいに動かして、互いに殺し合うのを、赤い口を開けて、ニヤニヤ見物しているような奴なんだ。ヒューマニズムにこだわっていて、勝ち目があると思うのか？」

ぼくは眼を伏せた。確かに、宗の言うとおりなのだった。《神》が憎いの一念が、ぼくと宗とを、ひどく荒涼とした地点まで運んできてしまった。《神》を狩りたてるためには、手段を選んではいられない。今、人間にもどろうとすれば、ようやくかさぶたのようにひからびた苦悩と悲哀が、再び激しく血を噴くことだろう……機械的にことを運ぶ、それだけがぼくたちに残された道なのだ。そのために学生たちが死ななければならないのなら――よろしい、犠牲になってもらおう。

「島津さんは、Ｓ大に詳しいはずだな？」

黙りこんでしまったぼくを、促すように宗が言う。「だったら、逃走路を考えといてくれ」

「逃走路？」

「おいおい、しっかりしてくれよ。《神》に挑戦状をたたきつけて、それで終りにするつもりか？　なんとしてでも、S大を抜けだして、あいつの出方を見るはずじゃなかったのか」

そうだったな、とぼくはうなずいて、頭のなかにS大の青写真を思い浮かべた。学生たちの眼を盗んで、砦を抜け出すだけのことなら、それほどの難問ではない。だが……

「機動隊に、とり囲まれたらことだな。ちょっとやそっとじゃ、彼等の眼をごまかせそうもない」

「場合によっちゃ――」

と宗が眼を細めた。「機動隊と学生との、両方を敵に回すことになりそうだな」

ぼくは応えた。

「それに……《神》とな」

連想コンピューターは、実に順調に稼動していた。

接続されている大容量記憶装置から、超スピードでデーターをひきずりだしていく。

その一方で、本体がデーター処理をしていき、ディスプレイスクリーンにその結果を表わしていく……が、かんじんの結果が、あまりおもわしくないのだ。そこに現われるのは、無相関を断定する数字ばかりなのだった。

つまり、スケールに使用している英文と、いくらかでもつながりのありそうな《古代文字》最少音素の組み合わせには、まだ一度も行き当っていない、ということになる。

この研究室にとじこもってから、もう六日になる、というのに、だ——。

S大工学部研究室は、暗く、そして荒廃しきっていた。

窓という窓には、板が打ちつけられて、漆喰で塗り固められている。燃料にするためにたたき割られた椅子の残骸が、床にひしゃげて、転がっている。壁に赤くペンキで書かれた〈闘争勝利〉の文字——。

空カンが、荒々しく壁にけとばされて、空ろな音をたてた。けとばしたのは、眼鏡をかけた学生だった。

「あんたたちは、一体ここでなにをやっているんだ?」

と彼は叫んだ。彼の後ろには、三人の学生が並んでいて、皆一様に腕組みをして、ぼくと宗とを睨みつけていた。

「説明すると長くなる」

ぼくは、眼の隅にスクリーンをとらえながら、できるだけ穏やかに応えた。「ま、君たちのじゃまはしないから、放っといてくれ」

「今、我々六〇人の同志が、ここにたてこもって、権力と戦っているんだ」

いなされたと感じたのか、眼鏡の学生は、サッと顔を紅潮させて言った。「そのなかに、あんたたちのような得体の知れない連中を、混じらせとく訳にはいかん」

「そういう約束で、ぼくは情報を君たちに提供したんだぜ」

「あんたたちが、権力の回し者でない、と誰が保証する？　あんたは、恥知らずにも助教授だった男だ。犬の資格は、充分にある」

「よせよ……君たちの敵は、ここにはいない。ぼくたちのことより、外につめかけてきている連中のことを、心配したらどうだ？」

「なんだと？」

「なんだ。まだ気がついていなかったのか。その窓から、外を覗いてみろよ」

学生たちは窓に駆け寄って、しがみつくようにして、打ちつけられた板の隙間から、外を見た。今、彼等の眼に映っているのは、見慣れたテレビ局の中継車ではなく、散水車と機動隊のトラックのはずだった。

「ちきしょう」

学生のひとりが、呻くように言った。「とうとう大学側が、機動隊導入にふみきりやがった」

「そういうことだな」

ぼくが言う。「お互いの仕事に、専念すべき時だよ。今は……」

眼鏡の学生が、首をねじ曲げるようにして、ぼくを見た。激した口調で、

「ああ、そうするとも……だが、その前に、おまえたち二人を追い出してやる」

床にあぐらをかいて、携帯コンロにかけたフライパンを見ていた宗が、ゆっくりと顔を上げた。

「分らん奴だな」

とぼくがついた溜息に、はじかれでもしたように、学生たちが足を踏み出した。

すっ、と宗が立つ。

「そこまでだ」

静かな声でそう言うと、宗は学生たちの前に立ちふさがった。微笑さえ浮かべている。

彼の、それが必要だからやるまでだ、といったごく自然なしぐさに、学生たちは気圧されたように足を停めた。互いに顔を見合わせる。

「大きな口をたたくな」

と言ったのは、やはり眼鏡の学生だった。「力にうったえてでも、おまえたちを放り出してやる。こちらには、六〇人からの人手があるんだ……強がるのもいいが、後悔することになるぜ」

宗はそれに応えずに、ただヒップホルスターからブローニングを抜くと、銃口をピタリと眼鏡の学生につきつけた。

眼鏡の学生は、眼をいっぱいに見開いて、ブローニングを見つめた。ショックで、表情が弛緩していく。実際、彼にしてみれば冗談ごとではなかったろう。これほど間近く、〝死〟に接したのは、始めてなのだった。

壁一枚をへだてた外界の物音が、突然大きくなって、ぼくたちの耳に入ってきた。

ひっきりなしに交される怒声、隊伍を組んで走る機動隊員の靴音、ゆっくりと移動していく重い車の地面を噛む音、低空旋回をしているらしいヘリコプターのプロペラ音……。

「どうするんだね？」

宗が皮肉な口ぶりで言った。「どうやら、始まったらしいぜ」

学生たちの間を、動揺が走った。

バタバタととり乱した靴音が、部屋に近づいてきて、ジーパン姿の女の子が飛び込んできた。

「なに遊んでるのよ」彼女が叫ぶ。「早く配置についてよ」

「そうだ。早くした方がいい」

とぼくも言う。

眼鏡の学生が顎をしゃくるのをきっかけに、他の連中は一丸となって、部屋から飛びだしていった。

「運がいいな」

唇を舌で濡らして、眼鏡の学生がつぶやいた。「まったく、運がいい」

そのまま何も言わずに、部屋を出ていった。

宗はブローニングをヒップホルスターにもどすと、ぼくに向かってニヤリと笑いかけた。

「彼の言うとおりだ……あの学生は、危うく面子をつぶすとこだった」

「やりすぎだよ」

とぼくはコメントを下して、ディスプレイスクリーンに戻っていった。時間がないのだった。

ようやく建物の内部が、外界に呼応して騒がしくなっていった……宗の唇から笑いが消えた。首をかしげるようにして、耳をすませる。重なって聞こえてくる内と外との音から、学生たちがどれだけ持ちこたえられるか、推し量っているのだろう。

「一日、持つか持たないかだな……」

とつぶやいて、宗はぼくの背中ごしにスクリーンを覗き込んだ。

数字は、やはり無相関を示していた。

夜——。

ぼくは制御卓の前に坐って、朦朧とした眼でスクリーンを見つめていた。

事態には、まったくといっていいぐらい、変化がなかった。僅かに、ぼくの胃がコーヒー漬けになり、舌がニコチンで痺れてしまったぐらいだ。

建物には、学生たちの歌う米国の反戦ソングが流れている。昼間の攻防戦で体力を消耗してしまったらしく、歌はとぎれがちだった。だが、まったくとだえてしまうことはなかった。尻切れとんぼに終ると、しばらくして、必ず別のグループが先を続けて歌い始めるのだ。

気恥ずかしいような話だが、確かにその歌声には、ある種の高揚感と悲壮感とを、誘うものがあるのだった。少くとも、今、ぼくたちの居る研究室に響いている小型電動ドリルの回転音よりは、数倍ましなようだった。

小型電動ドリルで、壁にしきりに穴を開けているのは、宗だ――。

「どうだ？　連想コンピューターの様子は？」

と壁に眼を向けたまま、宗が訊く。

「いや、変わりない……そっちはどうだ？　見つけたかね？」

「まだだ」

昨日の午後、お定まりの警告の後、機動隊は第一波の攻撃をしかけてきた。それは、学生たちを排除するというより、むしろ、いかに学生たちが聞き分けがないか、を一般に印象づけるためのデモンストレーションだった。しかし、その言うならば機動隊の軽いジャブに、学生たちはもう顎を出してしまったのだ。

明朝、第二波の攻撃がかけられるだろう。そして、その時が、この砦が崩壊する時になる――ぼくたちはそう判断した。

そうなる前に、なんとしてでもここを抜けだす必要があった。たとえ、連想コンピューターから、思いどおりの成果をひきずりだせなくても、だ。無理押しすることの愚は、芳村老人の死がよく教えてくれている――。

ぼくたちが考えた逃走方法とは、こういうものだ。

研究室の壁を通っているはずの電送ケーブルを切断して、校舎全体を停電状態にする。機動隊と学生の両方が、突然の暗闇にとまどっている隙をぬって、報道陣のなかにまぎれ込んでしまう……ひどくずさんな計画に思えるかもしれない。だが、これだけの大騒ぎのなかを、たかが二人ぐらいの人間が抜け出すのに、それほど綿密な計画をたてる必要はない。融通がきくぐらいの方が、かえって成功する率が高いのだ。

「あったぜ」

宗が声をあげた。

ぼくは腕を上げ、時間を確かめて、

「明るくなるまでに、まだ三時間ぐらいある……もう少し、連想コンピューターを作動させてみよう」

「いいだろう」

宗は、小型電動ドリルを床に置いた。ズボンをはたきながら、ゆっくりと立ち上がった。煙草をくわえる。「電線を切断するのに、それほどの時間はかからない……だが、時間がきたら、キッパリあきらめるんだ。俺たちまでやられたら、それこそ《神》の思うつぼだぜ」

分っている、とぼくは頭のなかでつぶやいて、スクリーンに眼を戻した。

頭をたたきつけられる思いがした。

数字が変わっている。《古代文字》最少音素の組み合わせに、連想コンピューターは、いかいへ糸をひくものがあるのを感じているのだ。数字は、刻々と変わっていく。今、《古代文字》最少音素は、英文と同意味につづられるように、並べられていく……。

「宗、スクリーンを見ろ！」

とぼくが叫ぶのとほとんど同時に、研究室に強烈な光の格子模様が描きだされた。窓に打ちつけられた板の隙間から、ギラギラとした白光が洩れている。

「なにごとだ？」

宗が窓に駆け寄って、うめくというような声をあげた。「投光器だ。機動隊が、サーチライトを使いだしやがった！」

「サーチライト？」

スクリーンに眼を据えたまま、ぼくがつぶやく。「なんだってそんなものを……」

ブーン、と拡大された電気音が聞こえてきた。あの非個性的な声で、

「屋上にいる学生。莫迦なまねはよしなさい。武器をすぐに捨てなさい。警告します……」

「ちくしょう！　一体なんだってんだ」

宗が肱を激しくぶつけ、窓の板を割り始めた。折れてまくれあがる板を、荒々しい動作でひっぱがす。部屋に流れ込む白光が、急速に拡がりを増していく。

そして、爆発音。

反射的に体を半回転して、壁に背をつけた宗が低く呻いた。

「学生たちだ。学生たちが手製爆弾を、機動隊に投げている」

ぼくは制御卓に両手をついたまま、スクリーンに見入っていた。スクリーンの数字は、めまぐるしく変わっていく。後二時間、いや、少くとも一時間あれば、連想コンピューターはなんらかの解答をだしてくるだろう。

「逃げるんだ。島津さん。機動隊が、隊列を変え始めた。本気で攻撃してくるぜ」

またしても、爆発音。

「あと少しだ」ぼくは叫んだ。「今、俺たちが逃げだしたら、《神》の思うつぼだ」

「莫迦！　殺されるぞ」

宗は窓枠から離れて、ぼくに駆け寄ろうとした。

重々しい断音《スタカート》。

「島津！」

と宗が叫んだ。振り返ったぼくの眼に、両手で顔を押さえた宗が、頭から床につっこんでいくのが映った。指の間から噴きでる血が、スローモーションの一齣のように、赤く空間にしぶいた。

「宗！」

ぼくは床にのたうつ彼の体を、必死の思いで抱き起こした。指を、彼の顔からひきはがす。顔半面が、頬を深く削った流れ弾丸《だま》に、みにくくひきつっていた。噴きでる血が、ぼくの背広を汚していく――。

「あいつは、俺を殺すつもりだったんだ」

かすれた声で、宗が言った。「だが、失敗したぜ……どうやら、《神》の奴、慌てだしたみたいじゃないか」

頭からどぶ泥をかぶったようになりながら、彼は白い歯を見せた。笑っているのだ。

「なにもしゃべるな」ぼくは応えた。「体力を消耗するだけだ」

宗は大きくうなずくと、太い息を吐いてうなだれた。

外では続けざまに爆発音が谺《こだま》していた。耳を聾する機銃の射撃音に混じって、うわずった悲鳴が聞こえてくる。

ぼくの頭のなかには、一枚の貸借表《バランス・シート》が浮かんでいた。一方に、連想コンピューターの《古代文字》に対する勝利、もう一方に宗の死が著された貸借表だった――ぼくの方に負債があるように思えた。

宗を死なせることは、そのまま《神》の勝利を意味していた。なんとしてでも、宗の生命《いのち》を救わなければならなかった。

「まず、ここを逃げだすことだ」

とぼくは口にだしてつぶやき、宗の両腕をとって立たせ、彼を引きずるようにして、ドアに向かって歩きだした。一度だけ、前進をやめて、連想コンピューターを見上げた。長い時間ではない。感慨にふけっている暇はないのだ。ぼくは全力をふりしぼって、再び歩きだした。

だが、はたして逃げきれるかどうか、ぼくにはまったく自信がなかった。

第三部　再び……

1

あの夜だけは忘れられない。

あの夜——パッシング・ライトが苛立たしげに点滅し、嚙みつくようにクラクションが鳴るなかを、ぼくは懸命になってセリカを操っていた。

手製爆弾が炸裂し、学生と警官隊の両方に死傷者が続出するというS大学の激しい攻防戦に刺激されて、警視庁は非常事態を宣言、都内全路に非常線を敷いたのだった。その徹底した交通規制に、東京道路網はほとんど麻痺状態に陥った。

辛くもS大を抜け出すことができたぼくは、今にも捕まるのではないか、という怯えに神経を責めさいなまれながら、激しい渋滞に混乱している国道を、ノロノロと、実にノロノロと逃げなければならなかった。免許こそ持ってはいるものの、あまり自分で運転したことがないぼくにとって、それはひどく苛酷な体験であった——いや、渋滞した道路とか、非常線にひっかかる心配なぞ、実際にはなんでもないことだったのだ。もし、宗さえ生きていてくれれば……。

「しっかりしろ！　今、病院に連れていってやるからな！」

ぼくはハンドルを操りながら、後部座席に身を横たえている宗に、しきりにそう呼びかけていた。だが、ぼくは知っていたのだ。宗がすでに死んでいることを——。及川、芳村老人、そして理亜と、あまりに死者が続きすぎた。その上、宗の死を認めることは、ぼくには耐え難いことであるように思えたのだ。

だが、ぼくが認めようが認めまいが、宗が死んだことになんの変わりもなかった。誰も、彼を生き返らすことはできないのだ。

ホテルへ帰るのは危険に思えたので、宗がもう一つのアジトにと準備しておいたマンションへ、ぼくは車を走らせた。非常線にひっかからなかったのも幸運なら、マンションで宗の身体を運んでいるのを誰にも見られずにすんだのも、また幸運だった。だが、宗の身体をようやくベッドに横たわらせた時のぼくは、とてもその幸運に思いを寄せられるような精神状態ではなかった。

ぼくも同じベッドに坐って、夜が明けるまで、呆けたように死体を見つめていたのだ。

宗はかねてから、自分が死んだ時、どう処置するかをぼくに話してくれていた。ある場所に電話して、宗の死を告げるだけでいいのだ――翌朝、ぼくはそうした。一時間ほどしてから、二人の男が部屋にやって来て、宗の死骸を麻袋に入れ、どこかへ持ち去っていった。どうやら華僑の仲間らしく思えたが、彼らはなにも言わなかったし、ぼくもまた訊く気にはなれなかった……。

ぼくは泣かなかったように思う。マンションの一室に閉じこもっていたのは憶えているが、その日、ぼくがなにを考えていたのか、まったく記憶がない。もしかしたら、なにも考えていなかったのかもしれない。

だが、あの夜のことは忘れない。どうしても忘れることができないのだ。

あの夜の夢をよく見る。その夢のなかで、いつも死体を後部座席に乗せて、ぼくは車を走らせている。暗い、暗い路を、一心に走らせているのだ。死体の顔は芳村老人になったり、また理亜だったりする……その夢を見続ける限り、ぼくは決して《神》との闘いを放棄しないだろう。《神》と闘うことだけが、酬われることなく死んでいった彼らに対して、ぼくができる唯一の供養なのだから――。

秋になった。

ぼくが石室で事故に遭ってから、ほぼ一年が経過したわけだ。この一年の間に、ぼくは数人の仲間を得、そして、失った。職もまた失った——だが、なにより大きな変化は、ぼくがテロリストとして全国に指名手配されてしまったことだ。S大にたてこもった学生たちの、陰の指導者ということになっているらしい。莫迦げた誤解と言うべきだが、釈明しに警察に出向くわけにもいかない。ぼくが、S大に籠城するように、学生たちに働きかけたのは事実だからだ。

そういうわけで、今やぼくの顔写真は全国どこの交番にも貼り出されている。行ったことはないが、多分、銭湯の壁にも貼り出されているのだろう。

しかし、ぼくは東京を離れなかった。東京に居さえすれば、いつまた連想コンピューターを使えるチャンスが、めぐってこないとも限らないからである。

《神》と戦うには、どうしても連想コンピューターの救けが必要だ、という確信はぼくのうちで益々強まっていた。最終的な結果を見るまでにはいたらなかったものの、《古代文字》最少音素が、スケールの英文と同意味につづられ始めるまでに、連想コンピューターは働いてくれたのだ。あの瞬間、確かにぼくたちは《神》に一矢を報いたはずだった。今のぼくは、連想コンピューターを使えば、いつの日か《古代文字》を翻訳することも可能になるのではないか、とさえ考えている。

だが、連想コンピューターを使えるチャンスは、おいそれとめぐってきそうになかった。さしあたって、他の方法で《神》と戦うことを考えるしかなさそうだ——夢のなかに現われる死者たちが、チャンスを待つなぞという悠長な手段を、ぼくが取ることを許しはしなかったのだ……。

ペーブメントには、秋の爛熟した陽光が白く照っていた。そんな穏やかな光でさえ、マンションの一室に閉じこもって、食糧品を求めに行く以外、ほとんど外出しなかったぼくには、眩しすぎるようだった。

車を路肩に寄せて駐めると、ぼくはサングラスをかけながら、歩道におりた。むろん、眩しいからではない。顔を隠すためだった。

すぐ眼の前に、三階建ての、細長いビルがあった。青山通りには似合わない、みすぼらしい雑居ビルだった。

その最上階にある〈直木降霊研究所〉というオフィスに、ぼくは用があった。降霊術師に会ったうえで、ペテン師ではない、という確信がついたら、彼を長期契約で雇おうと考えていたのだ。理亜ほどの優れた霊感能者はとても望めないにしても、《神》の存在を知覚できる人間が横にいた方が、なにかと便利だからだ。

ところが、直木天眼《てんげん》という降霊術師は、彼のオフィスにはいなかった。留守番らしい女の子の話によると、明日も、明後日《あさって》もオフィスには帰ってこないという。

「どうしてですか」

ぼくは訊いた。

「重大な用件があるということで、先生に呼び出しがかかったんですわ。後で、当分帰らないから、という電話が先生からかかってきました……」

どうやら、降霊術師を長期雇用しようと考える人間は、ぼくだけではないらしい。念のために、直木天眼と長期契約を交す場合、どれぐらいの金が必要であるか、をその女の子に訊いてみた。宗の残してくれた金はまだ充分にあったが、《神》との戦いが長びきそうなことを考えると、それほど気前よくもなれないのだ。

「先生はどなたとも長期の契約はなさいません」

意外な返事が返ってきた。

「だって、きみは今……」

「ええ、でも先生は、降霊を希望される方から、呼び出しを受けたわけじゃないんです。お仲間の降霊術師の方から呼び出されたんですわ」

「なるほど」

他をあたった方がよさそうだった。礼を言って、帰ろうとするぼくに、よほど退屈していたらしく、その女の子はなおも話しかけてきた。

「お仲間の、とても有名な霊感能者から呼び出しを受けたらしいんですのよ。まだ若い女の人で、なんでも理亜《ユリア》さんとかいう……」

半ばオフィスを出かかっていたぼくの足が停まった。確かに、その瞬間、ぼくの心臓は鼓動を停めていた。理亜？　そんな莫迦なことが……？

振り返ったぼくの顔を見て、女の子は小さな悲鳴をあげて、一、二歩後ずさった。よほど物凄い形相をしていたのだろう。

「理亜という名前に間違いはありませんか」

ぼくの声はしわがれていた。

「ええ」

と、女の子は泣きそうな表情《かお》でうなずいて、「私が先生に電話をとりついだんですもの。間違いないわ……」

「その理亜という人の、住所か、電話番号は分りませんか」

「分りません。先生はなにもおっしゃいませんでした」

ぼくはさらに幾つか質問を重ねたが、どうやら、その女の子の知っていることは、理亜という名前が総てであるらしかった。女の子は怯えきってしまい、それ以上そのオフィスにぼくがいると、警察に電話をしかねない有様だった。やむなく、詫びを言って、ぼくは〈直木降霊研究所〉を出た。

ビルを出た後、ぼくはしばらく呆然として、歩道を行き交う人たちを見ていた。ふいに現実感が欠落してしまったような、なんとも頼りない精神状態だった。

理亜が生きているはずがない。ぼくはこの眼で彼女が死んだことを確かめているのだ。誰かが理亜の名を騙《かた》っているとしか考えられなかった。だが、誰が、なんのために……？

ぼくは頭を振って、自分を忘我の状態から現実に引き戻した。幽霊でも見たような表《お》情《か》で、歩道に立ち尽していることが、いかに危険な行為であるかに気がついたのだ。今のぼくは、人眼につく行為をなにより避けなければならない。

ぼくは気を取り直して車に乗り、エンジンをかけた。理亜の名を騙ったのが誰であるのかを詮索するのは後回しにして、今はとにかく、霊感能者を確保することに、全力を注ごうと考えたのだ。

が、霊感能者を確保することはできなかった。新興宗教の宗祖を二人、予知で名高い占い師を一人、訪ねていったのだが、その誰とも会うことさえできなかった。いずれの霊感能者たちも、直木天眼と同じく、誰かに呼び出されたまま、帰ってこないということだった。いや、誰かという言葉を使うのは、正確でないかもしれない。占い師のオフィスで、もう一度理亜《ユリア》の名を聞くことになったのだから――。理亜という女の人から電話がかかってきて、先生はいそいそと出かけられました……占い師の内弟子とかいう男が、そうぼくに告げたのだった。

理亜。

占い師のオフィスを出る時、ぼくの脳裡は彼女の寂しげな表情《かお》で、いっぱいに占められていた。その澄んだ声がどこからか聞こえてくるようだった――人間が変わる、と思いたいのよ。《神》さえその上にいなければ、人間はもっと善良にももっと幸福にもなれるんだ、と考えたいの……彼女のその言葉に、ぼくは賢しらげに反論したのだった。いずれ、人間はできそこないに過ぎないのだ、と……。

理亜、本当にきみは生きているのか？

気がつくと、ぼくは横浜に向かって車を走らせていた。フロント・グラスをよぎるビーム・ライトが、滲んで見える。

横浜には、理亜の眠っている墓地がある。ぼくは、ほとんど無意識のうちに、理亜の墓を見ることで、彼女の死をもう一度確かめてみよう、と決心していたのだった。

目的地の墓地に着いた時には、もう夜の一〇時を回っていた。

水銀灯の明りに煌々と照らしだされた公園のような墓地で、夏になると、夜遅くまでアベックがうろついているという。

表向きは、その近所とかにある寺の所有地ということになっているが、実情は、不動産屋が管理しているような切り売り墓地であるらしい。宗の話によると、権利金さえ支払えば、誰でも安らかに眠ることができるというお手軽な墓地だが、それでも、近親者のいない理亜の骨を納めるためには、規定以上の金を積まなければならなかった、ということだった——確かに、そんな好い加減な墓地ではあるのだが、土中に埋まっている骨に、真贋の違いがあろうはずがなかった。

理亜の墓の前で、ぼくは凝然と立ち尽していた。そこにそうして理亜の墓がある以上、彼女の死を信じるしかなかった。墓を掘ってみようか、という衝動に駆られないでもなかったが、さすがにそれだけは思い止った。

理亜は死んだのだ、とぼくは自分に言い聞かせた。誰かが彼女の名を騙っているに過ぎないのだ、と——すると、どうしても同じ疑問に突き当ってしまうのだ。誰が、なんのために、という疑問に……。

ぼくは踵を返して、理亜の墓の前から離れた。なにかに取り憑かれたようになって、ここまで車を走らせてきたが、結局、それも、理亜が生きていてくれたら、という子供っぽい願望がさせたことなのだ——そう考えることにしたのだ。

今のぼくは自分の弱さを許せない。感傷にふけっていられるような場合ではない、とも思う。だが、理亜は生きているのではないか、となおも頭の隅で囁く声があったことも、また事実なのだった——。

それがいけなかったのかもしれない。

東京への帰路、散漫な精神状態で車を走らせていたぼくは、うかつにも、覆面パトカーに停車を命じられる、というミスを犯してしまったのだ。ぼくの運転のどこに注意を惹かれたのかは知らないが、ふいに後方路上に出現した車が、高らかにサイレンを響かせて、停車を命じてきたのだった。逃げるわけにもいかなかった。また、ぼくの運転技術で逃げきれるとも思えなかった。

やむなく、ぼくは車を路肩に寄せて、停車した。万に一つ、ぼくが全国指名手配中の人間である、と警官が気づかない場合もあるかもしれないのだ。

警官はたくましい体格の中年男だった。ぼくがウィンドウをおろすと、待ちかねたように首を突っこんできて、

「免許証」

ブスッとした声で言った。

コンソールのポケットから免許証を取り出して、黙って警官に差し出した。宗が生前ぼくのためにつくってくれた偽造免許証である。本物と寸分違わぬ精巧なものだが、貼られている写真が指名手配中の顔と同じでは、それも、あまり救けになるとは思えなかった。

警官はなかなか免許証を返そうとはしなかった。ためつすがめつして、眺めている。不安で、胃がキリキリと痛んだ。クッションの下に隠してある拳銃が、急に尻に硬く感じられ始めた。いざとなったら、その拳銃を使ってでも、この場を切り抜けねばならなかった。たとえ、警官に怪我を負わせるようなことになっても……。

ぼくは右手をゆっくりとおろし、尻をわずかに浮かした。

その時だった。

強烈な光がサッと警官の身体を薙《な》いだ。ほえたけるようなエンジン音と、鼓膜をつんざくクラクションの音——赤く塗った無蓋のスポーツ・カーが、確かに一〇〇キロは越えていると思われるようなスピードで、横をすり抜けていく。

無謀運転もいいところだった。もちろん、制限時速はオーヴァーしているし、その腰の定まらない走り方から察すると、運転手は酩酊してさえいるのかもしれなかった。

覆面パトカーがこれを見逃せるはずがなかった。免許証を投げるようにしてぼくに返すと、警官は走りながら車に戻っていった。ドアがバタンと音高く閉まるのと、覆面パトカーが発進するのとがほとんど同時だった。

数瞬後には、赤いスポーツ・カーも、覆面パトカーも、ぼくの視界から消えていた。ただ、パトカーの鳴らすサイレンの音だけが、いつまでも尾をひいてぼくの耳に残っているのだった――。

ハンドルに両手を置き、ぼくは呆《ぼ》んやりと自分の記憶をまさぐっていた。閃光にも似た、ほんの一瞬の記憶を……あのスポーツ・カーを運転していたのは、確かに若い女だった。ぼくには、どうにもその女が理亜であったように思えてならないのだ。顔をはっきり見たわけではないし、理亜は、およそスポーツ・カーをとばすなどという行為から、縁遠い娘ではあった――それでいて、スポーツ・カーが追い抜いていった瞬間、なぜか運転しているのは理亜に間違いない、とぼくは直感したのだった。なぜか……。

宗の死後、《神》と戦うためにこれといった対策をたてようとしなかったぼくに業を煮やして、理亜がこの世に帰って来た、とでもいうのだろうか？……

そんなはずがなかった。錯覚に過ぎないのだ。きっと、疲れすぎているのだろう。

試しに、ぼくはバック・ミラーのなかの自分の顔に笑いかけてみた。鉛のように、蒼くて、強張った笑顔だった。

渋谷で車を乗り捨てた。いつ非常線にひっかかるか、とビクビクするのも、覆面パトカーの警官から尋問を受けるのも、もう沢山だった。多少、不便かもしれないが、やはり自分の足で移動した方がよさそうだった。もともとが宗の車なのだ。別に、惜しいとも思わなかった。

車を運転する心配がなくなったとたんに、酒が飲みたくなった。最近のぼくは、酒量も進み、飲めば必ず泥酔までいってしまうといった調子だった。だが、それでも、一頃に比べれば、かなり状態がよくなった方なのだ。理亜や宗が死んだ直後など、酒を飲む気にさえなれなかった。彼らが死んで、ぼくが生きている——その罪悪感にのべつ責めさいなまれて、酒を飲むどころではなかったのだ。

全国指名手配中の男が飲むのに相応しいような、うらぶれて、流行ってなさそうな店を探して、ぼくは渋谷の街を歩き続けた。一五分ほど歩き回って、ようやく条件に合致しそうな店を見つけることができた。小さなバーで、〈スワン〉と書かれたネオンがわびしく点滅していた。

後から考えてみれば、その店に寄せて駐められてある無蓋の赤いスポーツ・カーに、まったく注意を惹かれなかったのは不自然な話だが、多分、その時すでに、ぼくは眼に見えない力によって操られていたのだろう。

バーのドアを押した。

仄暗い、なにか深い海の底を連想させるような店だった。音楽はおろか、笑い声や嬌声などバーにつきもののはずのざわめきまで、まったく聞こえていなかった。誰もいない、しんと静まりかえった店に、女が独りで酒を飲んでいた。

その女はぼくを待っていたのだ。バーに一歩足を踏み入れた時に、もうぼくはそうと覚っていた。

「ここにいたのか。理亜」

震える声で、ぼくはそう呼びかけた。情報工学の天才とまで言われたこのぼくが、その時、なんの躊躇《ためら》いもなく、超自然的な現象を受け入れようとしていた。

女がぼくを振り向いた。理亜だ。いや、まったくの別人のようにも思える。

「理亜は死んだわ」

と、その女が言った。

2

その女の言葉は、酷くぼくの胸に突き刺さった。

理亜は死んだわ……そう、彼女が生きているはずはない。それなのに、いつの間にか、ぼくは半ば祈るような気持ちで彼女の生存を信じ始めていたのである。ぼくは、いまさらのように、いかに自分が理亜を必要としていたか、そして、彼女を死なせてしまったことにどんなに苦痛を感じているか、を思い知らされたのだった。

女は理亜とは似てもいなかった。きれいな女には違いないが、理亜ほどではなく、どことなく荒《すさ》んだ感じのする美貌だった。年齢《とし》も三〇を越えているらしい。栗色に染めた長い髪が、彫りの深い顔とよく似合っていた。

どこもかしこも理亜とは違う女だった。それでいて、その女の上に、どうしても理亜のイメージがだぶってしまうのだ……その理由《わけ》は明らかだった。

「きみは霊感能者なのか」

ぼくは立ったまま訊いた。漠然と、この女は敵ではない、という感じはしていたが、はたして腰を落着けていいものかどうか、ぼくは迷っていた。

「そうよ。理亜ほどの能力はないけどね」

「きみは理亜を知っているのか」

「友達だったわ」

女は坐るように顎で示した。彼女と、止まり木を一脚あけて、ぼくはカウンターの前に腰をおろした。

「いつからぼくを操っていた？」

「墓地からよ。でも、操るなんて人聞きが悪いわね……確かに、遠隔催眠を使って、この店まで案内してはきたけどね」

「このバーは、きみの……？」

「そう、私、如月《きさらぎ》啓子といいますの。バー〈スワン〉のマダム……これからも、どうぞご贔屓に……」

理亜も、雇われマダムのような形ではあったが、とにかく、クラブ〈理亜〉を切り回していた。考えてみれば、水商売ほど、霊感能者の女性に適した仕事はないかもしれない……霊感能者の女性が、幸運にも生きながらえて、仕事を持つ必要があるとしたらの話だが。

「あなた、お名前は？」

手慣れた動作で、ぼくのために水割りをつくりながら、啓子が訊いてきた。

「島津圭助……」

「理亜と恋人だったの？」

「いや」

「でも、理亜が好きだった。そうでしょ？」

「――」

ぼくは答えなかった。答える必要があるとも思わなかった。啓子がつくってくれた水割りをあける。ウィスキーが多過ぎるようだ。苦かった――。

「私には分るの」ぼくの沈黙に頓着しないで、啓子は言葉を続けた。「あなたには、理亜の加護が感じられるわ。あなたが理亜を好きだった証拠よ」

「彼女を好きだったのは、ぼくだけではなかった」

ぼくの声は湿っていた。死んだ宗もまた、理亜を好きだったのだ。

が、啓子は、ぼくの言葉を、別の意味にとったらしかった。

「そうね。私も彼女が好きだった……だから、彼女が死んだ時には、すぐにそうと分ったわ。好きだった人間が死ぬと、どんなに遠く離れていても、私にはすぐに分るの……念波が急に弱くなって、ね――彼女の残霊をたどって、あの墓を見つけた時には、私は泣いていたわ」

彼女が泣いている姿は想像できなかった。三〇を過ぎて、まだ充分に美しく、それでいて立派に自立している女の自信のようなものが、啓子をたくましく見せていた。理亜もう少し年齢を重ねていたら、この女のように強くなれたろうか。それとも、やはり自身の霊感能力を制しきれず、結局は死ぬことになったろうか？……

「理亜の墓を見つけたのは、いつ頃の話だ？」

「今年の春よ」

「それじゃ、今日はまた、どうして理亜の墓へ行ったんだ？」

「あなたと同じ理由じゃないかしら」

「なんだって？」

「理亜が本当に死んだのかどうか、もう一度この眼で確かめてみたかったのよ」

「――？」

　ぼくは言葉もなかった。理亜が死んだ、と言ったのは啓子自身ではなかったか。その啓子でさえも、理亜の死を疑わなければならなかった、とはどうした理由《わけ》なのか。

　啓子は促すようにぼくのグラスを見つめた。人には、自分も酔い、相手も酔っていなければ話せないこともあるだろう。

　ぼくは水割りを口にふくみ、啓子の言葉を待った。

「私は理亜を妹のように思っていたわ」啓子はウィスキーを飲み乾して、言った。「だから、彼女が死んだことを知ることができたのよ……でも、理亜とそれほど親しくなかった他の霊感能者たちは、彼女が優れた霊感能者であることは知っていても、死んだことまでは知らないわ——理亜から呼び出しがかかれば、なんの疑念もなく、指定された場所にのこのこ出かけていくわ」

「直木天眼のことを言ってるのか」

「天眼ばかりじゃないわ。理亜から呼び出しがかかって、そのまま行方不明になってしまった霊感能者は、東京だけで二〇人ちかくもいるのよ」

「二〇人……」

ぼくは絶句した。その事実には薄々気づいてはいたが、まさか行方不明の霊感能者の数が二〇人にものぼっているとは、思ってもいなかった。

「誰かが理亜の名を騙っているんだ」

言わでもがなのことだったが、やはりぼくはそう言わずにはいられなかった。

「そうね」

と、啓子はうなずいて、「でも、誰が、どうして理亜の名を騙る必要なんかがあるのかしら？　それに、なんのために、そんなに多勢の霊感能者を集めているのかしら」

ぼくに分るわけがなかった。だが、分らないで済ませるわけにもいかなかった——どうして理亜の名が使われているのか、を知りたくもあったし、第一、この調子で霊感能者が消え失せていけば、現在《いま》、ぼくの唯一の生きる目的となっている《神》と戦うことが、不可能になってしまう。

かれがそこのところを見越して、霊感能者たちを拉致しているとは考えられないだろうか？……ぼくはそう頭のなかで自問した。もちろん、考えられないのだ。そんな小手先の細工が必要なほど、《神》は弱い存在ではない――。

啓子の話が続く。

「墓地であなたの姿を見た時は、理亜の名を騙っているのは、てっきりこの男に違いない、と思ったわ。だから、あなたの回りに念波を張りめぐらしたのよ……でも、様子を見ているうちに、そうじゃないことが分ったわ。あなたは、しんから理亜の死を悲しんでいたもの……」

「覆面パトカーから、ぼくを救けてくれたのはどういうわけだ？」

「いけなかったかしら」

「――」

とっさに返事ができなかった。啓子はフッと笑って、

「さっきも言ったように、私は理亜ほど優れた霊感能者ではないわ。だから、あなたがどんな人間で、なにをしたかまでは分らない……でも、警察に追われているらしい、ぐ

らいの祭しはつくわよ」

そうかもしれなかった。全国に指名手配されてからだって、もうずいぶん時がたっているのだ。ぼくが《神》を追っているつもりでも、いつの間にか、追われている人間の臭いが染みついているのかもしれなかった。

「あら、ごめんなさい。グラスがカラだったわね――」

啓子がグラスに手を伸ばしてきた。反射的に、ぼくはグラスを伏せていた。

「あら、もう飲まないの?」

「ああ」

「変ね。お酒を飲みたがっている、と思ったんだけど……」

「いいんだ」

ぼくは曖昧に首を振った。確かに、飲みたがっていた。多分、ここを出れば、他に酒を飲める店を探すことになるだろう――だが、啓子と一緒に飲むのはごめんだった。啓子が厭なのではなく、彼女が理亜を連想させるのがたまらないのだ。

啓子の言葉どおり、《神》と戦うのに役立つほど、彼女の霊感能力が優れているとは思えなかった。もっとも、たとえ啓子が優れた霊感能力の持ち主であったとしても、そのために彼女と行動を共にして、四六時中理亜《ユリア》のことを想いだす気にはなれないかもしれないが――。

「これで足りるかな」

ぼくは千円札を一枚カウンターに置いて、席を離れようとした。

「待って」

啓子がぼくの腕を摑んだ。ひどく真剣な眼をしている。

「やっぱり、足りなかったか」

ぼくのそんな軽口にとりあおうともしないで、啓子が訊いてきた。

「あなたはなにと戦っているの？」

「別になにとも――」

ぼくは首を振った。が、内心の狼狽が表情《かお》に出るのを隠しきることはできなかったようだ。いずれにしろ、啓子がなにをぼくから嗅ぎつけようと、《神》と戦っていると答えるわけにもいかなかった。

「嘘だわ。あなたはなにかと戦っている」

「どうして、そんなことが分る？」

「理亜よ」

「――？」

「理亜の霊があなたを懸命になって守ろうとしている。あなたは、理亜のために戦っているのね。でも……」

「でも？」

「あなたは負ける……」

「勝ちたいとは思っている」とうとうぼくは白状した。「だが、勝てるとは思っていない」

「勝つのよ。勝たなければ、駄目――」

啓子の声には真情が籠っていた。だが、ぼくの気持ちは冷えていた。

啓子は勝たなければ駄目、と言う。それは確かにそうであるだろう。しかし、勝たなければ駄目だったのは、なにもぼく独りに限ったことではないのだ……自由と愛のために戦わなければならない、と言った芳村老人。理亜、宗……戦って、そして勝たなければ駄目だった連中が、皆《みんな》死んだのだ――ぼくは決して戦いを放棄しはしない。だが、《神》と戦う以上、いずれは犬のように死んでいくことを覚悟してもいるのだ。

ぼくは無言のまま止まり木から滑りおりた。今度こそ、ここを出ていくつもりだった。が、啓子は手を放そうとはしなかった。

「出ていっては駄目――」啓子は泪《なみだ》ぐんでさえいた。「あなたは疲れ過ぎているわ。それに、自分を無価値な人間と信じきっている……今のままでは、あなたは《神》に勝てっこないわ」

愕然として、ぼくは啓子の顔を見つめた。これは、啓子ではない。彼女の口を借りて喋っているのは……

「理亜……」

と、ぼくは呻いた。「ああ、理亜……」

啓子は——いや、その時のぼくには、彼女が啓子であるのか理亜であるのか、まったく判断できなくなっていた。多分、彼女自身も同じだったのだろう——ぼくの腕に体重をあずけてきた。彼女は眼を閉じ、その官能的な唇をぼくに向けてきた。

「勝つのよ」

そう囁く声が聞こえてきた時、ぼくは彼女の唇をむさぼっていた。その時、ぼくが抱いていたのは、確かに理亜だ。

花からのカーテンに薄く陽がさしていた。

ベッドのなかで呆《ぼ》んやりとタバコをくゆらしながら、ぼくは、狂ったように女の身体《からだ》に埋没していった昨夜の自分の姿を想い返していた。女も激しくぼくの愛撫にこたえてくれた。激しかったが、しかし女は優しくもあった――その優しさが、昨日《きのう》までその中にドップリと身を浸らせていた無力感と虚脱感とから、ぼくを救いあげてくれたのだ。新生……そう、結局、この世で女だけが、男を真に生まれ変わらせることができるのかもしれない。

ぼくの横では、啓子が静かな寝息をたてていた。確かに、その女は啓子に間違いないが、昨夜ぼくが愛したのは理亜だったのだ。ほとんど死に場所を求めるような気持ちで、《神》と戦おうとしていたぼくを叱るために、理亜は幽界からやって来たのだ……ぼくはそう信じて疑わなかった。

理亜はやはり偉大な霊感能者だったのだ。

キッチンの隅に置いてある電話が鳴りだした。啓子は呻き声をあげ、寝返りをうったが、どうやら起きそうにはなかった。

バーの二階で、そのバーのママと寝ているという色悪めいた自分の姿に、なんとなく気恥ずかしさを感じながら、ぼくは下穿きを着け、電話に出た。

「理亜《ユリア》です」

のっけから、そう名のる声が耳に入ってきた。確かに、理亜の声とよく似ていた。だが、彼女ではない。

「今夜九時、横浜の〈理亜〉にいらしてください」

それだけを言うと、相手は電話を切った。ぼくはしばらくそのまま受話器を握りしめていた……今の電話が、ぼくにではなく、啓子にかかってきたものであることには間違いなかった。だが、今夜、あのなつかしい〈理亜〉に出かけるのが、啓子ではなく、ぼくであることにもまた間違いはないのだ。

今のぼくは、なにも恐れてはいない。理亜の加護を身をもって確かめ、その至福感に酔い痴れているのだから――。《神》をも恐れてはいないのだ。

ぼくは衣服を身に着け始めた。そうと決まったら、できるだけ早くマンションに帰って、準備を整えた方がいい。

「帰るの？」

ベッドのなかから、啓子が訊いてきた。起こさないように注意したつもりだったのだが――。

「ああ」

と、ぼくはうなずいて、「昨夜はすまなかった……」

詫びた。

「いいのよ……」女の声は情感に溢れていた。「あれは私じゃなく、理亜だったんだから……理亜の役にたてれば、私も嬉しいわ。私は彼女の友達なんだから……でも、なんだかおかしいわね。あなたを操っていたつもりの私が、理亜の霊に操られていたなんて……」

さほどの能力はないかもしれないが、啓子もやはり霊感能者の一人だった。自分が理亜の霊に操られていたと、なんの疑念もなく受け入れているらしい。

ベッドのなかで、いかにも楽しげにクスクスと笑っている啓子に礼を言って、ぼくは部屋を出た。

きれいな朝だった。一人の男が新生するのに相応しい、よく晴れた朝だった。

3

少し注意深い眼で見れば、その一角になにか異常が起こっているのは、すぐに分るはずだった。

伊勢佐木町も外れに近いその飲食街は、これからが商売のかきいれ時になるという夜の九時に、もうひっそりと静まりかえり、通行人の影さえ見えないのだ。

その一角の飲食店が軒並み商売を休んでいるというわけではない。いずれの店も、明りを灯し、料理の匂いを漂わせている——それだけに、人けのまったくないその光景が、なおさら異様なものに見えるのだった。

　奇妙なのは、車さえ通らないということだ。一方通行で、どこへ抜けられる路《みち》というわけでもないから、車が入ってくることはめったにないが、それでもいつもの夜だったら、土地に不案内なタクシーがまれに迷いこんできたりする……それが、今夜に限って、なぜか車一台通り過ぎようとはしないのだ。

　あるバーのドアをわずかに開けて、首だけ覗かせていた客引きらしい男が、ブルブルと身体を震わせて、その首を引っこめた。確かに、その男でなくとも、背筋が寒くなるような、一種異様な雰囲気がこの通りにはみなぎっている。

　念波なのだ。

　非常に強い念波が張りめぐらされていて、この通りを歩こうとする人間の顔を、吹雪のように激しく叩くのである。生あるものは、たとえ犬でさえも、無意識のうちにこの通りを歩くのを避けるのだった……どの軍隊もなしえなかった、完璧な戒厳令であると言えた。

　膚に粟の生じるような思いでこの通りを歩きながら、ぼくはその念波の強さに驚くよりもむしろ、自分がいつの間にか霊感能力を備えているらしいことにあきれていた。普通の人間だったら、なんとなく気分が悪くなる、と感じるぐらいのことで、念波が張りめぐらされているなどと想像もしないはずなのだ。

だが、この霊感能力が、本当にぼく自身が備えているものであるかどうかには、実のところ、あまり自信がなかった。もしかしたら、ぼくを守っていてくれるという理亜の力であるのかもしれなかった……。

足を進めるうちに、念力は益々強くなっていき、やがて、ほとんど渦巻いているとさえ感じられるようになった。目的の店が近づいたのだ。

間口の狭い、二階建てのクラブ——その木目の鮮やかな扉に刻まれた〈理亜〉の文字……なに一つとして変わっていなかった。かつてぼくが仲間たちと寝起きを共にした、クラブ〈理亜〉がそっくりそのまま残っていた。

こんなはずはなかった。

宗は〈理亜〉を売り払ったはずだし、現に、ぼくがこうして動いていられるのも、その金のおかげなのだ。新しい経営者が、〈理亜〉の名を受け継ぎ、店を改装する気にもなれなかった、とはまず考えられない。それほど、〈理亜〉は流行った店ではなかったからだ。

念力はどうやら〈理亜〉から放射されているようだった。とすると、理亜と名のる人物から呼び出しを受けた霊感能者は、啓子一人ではなかったことになる……。

扉の前でなにを考えても、どうせ答えの出るはずがなかった。答えは総て扉のむこうにあるのだ。

そう思いを決して、ぼくが扉に手をかけたその時、

「待ちなさい」

傍らからそう声がかかった。野太い、錆のきいた声だった。

いつの間にそこに現われたのか、坊主頭の中年男が、胸をそらして立っていた。その鋭い眼光を見るまでもなく、彼もまた霊感能力の持ち主であることを、ぼくは膚で感じとっていた。

「なんでしょう?」

とりあえず、そう訊くしかなかった。

「今夜はこの店は貸し切りになっている」

と、男がひどく高圧的に言う。

「だから?」

「だから、招待されていない人間は、今夜はご遠慮願いたい……」

ぼくとしては、ご遠慮するわけにはいかなかった。嘘をつくことにした。

「ぼくも招待されているんですが……」

言ったとたんに、後悔した。ぼくは決して正直な人間ではないかもしれないが、霊感能者を騙しとおせるほど、嘘の上手な人間でもない。

「ほう、あんたが、ね……」

案の定、男はぼくの言葉をてんから信用していないようだった。両眼を細めて、探るようにぼくの顔を見つめる——その時には、男の役割りがどんなものであるか、ぼくは理解していた。この男はここに立って、〈理亜〉に入ろうとする人間が、本当に霊感能力の持ち主であるかどうかをチェックしているのだ。彼自身が霊感能者であることを考えれば、これほど完璧な検閲も、ちょっと他にはないだろう。

実際、ぼくが彼の検閲をパスする可能性はほとんどなかったはずなのだが……。

ふいに男の眼が大きく開かれた。驚いたような表情が、その顔に浮かぶ。

「これは失礼しました」ふしぎそうな声で、男が言う。「わしとしたことが、なにを勘違いしたのか……」

通ってもいいという意味らしかった。ぼくを霊感能者であると認めたわけか——。

またしても、ぼくに憑いているらしい理亜の霊が救けてくれた、と考えるしかないようだった。本来なら、理亜の霊に感謝すべきなのだろうが、今度ばかりは、手放しでは喜べない気持ちだった。霊感能者とは対極に位置しているはずの科学者という自分の仕事に、ぼくは自負と誇りを持っていたからである。

が、今は、そんなことを言っていられる場合ではなかった。気の毒なほど恐縮しきっている男に、曖昧な会釈を送って、ぼくは〈理亜〉の扉を押した。

装飾照明の淡い明りのなかで、二〇人ほどの男女が静かに酒を飲んでいる。その年齢も服装も様々であったが、彼らが皆《みな》霊感能者であることだけは共通しているようだった。一見、どこでも見られるような和やかなパーティー風景だったが、少しでも霊感能力を持つ者がこれを見たなら、そこに放射されている念力のあまりの強さに、背筋の凍るような思いをしたろう。〈理亜〉に合しているこの連中は、いずれも一流以上の霊感能力の持ち主であるらしかった。

彼らの注意を極力惹かないように努めながら、ぼくはグルリと店内を見廻した。酒を飲んでいる連中が、それぞれ低声《こごえ》で雑談を交しながら、誰かを待っているらしいところから察すると、どうやら招待主はまだこの場には登場していないようだった。ぼくは、彼らの雑談に加わる気にも、招待主の登場を坐して待つ気にもなれなかった。

誰が、なんのために理亜の名を騙って、霊感能者たちを集めているのか？……一秒でも早く、その疑問を解き明かしたかったのだ。

二階か、それとも奥の小部屋か、招待主はそのどちらかに居るはずだった。ぼくはまず奥の小部屋を当ってみることにした。

まったく恐怖を感じなかった、と言えば嘘になる。だが、理亜の霊と、背広の内ポケットに入っている宗の拳銃とが、ぼくを守ってくれるはずだった……確かに、《神》と戦うというぼくの目的からは、大きく逸脱した行為ではあるかもしれない。しかし、なにがあっても、理亜の名を騙る人間を許すわけにはいかなかった。

できるだけなにげない風を装いながら、奥の小部屋へ向かった。振り向く人間は誰もいないようだった。

ドアを開ける。

ツイードの背広を着た男が暖炉に向かって立っていた。その男がこちらを振り返った時には、ぼくは後ろ手にドアを閉めていた。

「どなたでしょうか」

その男は、不審げな表情《かお》で、ぼくにそう訊いた。

若いとは言えないかもしれない。だが、中年と呼ぶにはまだ間がありそうだ。一見やさ男ふうだが、その引き締まった唇には、強い意志力が顕著に表われていた。短くカットした髪と、きれいに剃刀のあたった頬――この男と似た人物を、ぼくはかつて知っていた。いや、容貌そのものはまったく似ていないのだが、かもしだす雰囲気がなんとなく両者に共通しているのだ……その男の名は、及川吾朗といった。

厭な予感がぼくの身うちに走った。

この男も、及川と同じく、諜報社会に身をおく人間に違いない、と半ば直感のようにぼくは確信していた。諜報社会の人間と関わりあうことは、《神》と戦ううえで、マイナスにこそなれ、決してプラスにはならないことをぼくは経験からよく承知していた。彼らが理亜の名を騙ろうと、誰の名を騙ろうと、この際、気にしない方がよさそうだった。

「どうも……トイレを探していたものですから……」

ぼくは慌てて退散しようとした。だが、もう間に合わなかった。

「島津さんじゃないですか」

と、その男が声をかけてきたのである。「情報工学の島津圭助さんじゃないですか」

ぼくはノブを握ったまま、しばらく躊躇《ためら》っていた。が、外に集まっている霊感能者の数を考えれば、まず逃げるのはあきらめた方がよさそうだった。

「そうですが……」

ぼくは渋々と振り返った。なぜ、ぼくの名を知っている、などという愚問はしない。及川との短かった交際《つきあい》で、諜報社会に住む人間はなにもかも知りぬいている、ということを充分に思い知らされていた。

男の表情《かお》がパッと明るくなった。ニコニコと笑いながら、ぼくに近づいてくる。

「私、アルバート・脇田といいます」と、別に尋ねもしないのに、男は自分の名を言って、「実は、私、島津さんを探していたんです」

「ぼくを探していた……？」

「ええ、こんなに早くお会いできるとは思ってもいませんでしたが……」

名前から察するに、どうやらこの男は二世らしかった。ぼくは二世に知り合いはいないし、当然のことながら、探されるような真似をした憶えもない。もっとも、考えようによっては、全国指名手配を受けているということは、そのまま総ての人間に探されているという意味になるのかもしれないが……。

「どうぞ、お坐りください。お話ししたいことがあります」

脇田と名のった男は、ばかに馴々しい動作で、ぼくの肩を抱くようにして、ソファまで連れていこうとした。

「待ってください」ぼくは彼の腕を振り払った。「どうして、ぼくがこの店に居るのかは、訊かないのですか」

「後で訊くかも知れません」

「後で？」

「そう、今はもっと大切なお話があるのです……」

得体の知れない男だった。得体の知れないと言えば、及川もそうとうに得体の知れない男ではあったが、脇田と名のるこの男には、彼と違って、開けっぴろげな明るさがあるようだった。

とにかく、脇田の話を聞いてみることにした。

ぼくがソファに腰を落着けるのを確かめると、脇田はサイドボードに向かって歩いていった。ウィスキーの瓶とグラスを二つ持ってきて、ぼくの前に置かれているテーブルに並べる。

よほどぼくと会えたのが嬉しいらしく、

「島津さんはいけるくちなんでしょう」

そう尋ねてきた脇田の声は、今にも鼻歌でもうたいだすんじゃないかと思えるほど、浮わついていた。

ぼくは黙って首を振った。

「え？」

と、脇田がふしぎそうな表情《かお》をした。ぼくがほとんどアルコール耽溺者にちかいことは、あらかじめ調べがついているのだろう。

「以前、あなたとよく似た男から、コーヒーを勧められたことがありましてね」勢いっぱい皮肉な口調をつくって、ぼくは言ってやった。「勧められるままにそのコーヒーを飲んだら、どういうわけか眼を開けていられなくなった……」

「及川氏のことを言ってるんですね？」

「知っているんですか」

「有名な人物ですから……」

「いくら有名でも、死んでしまえばおしまいだ」

「死ななければならないような仕事をしていたからこそ、有名になれたのかもしれませんよ……」

「あなたも有名になりたいですか」

「島津さんに眠り薬を飲ませてですか。いや、このウィスキーには眠り薬は入っていませんよ」

「信じられない」

「どうしてだろう？　信じてもらえないとは、悲しい話だ」

「及川の名前を知っているような人間を信じるわけにはいかない……彼が名前を知られていたのは、ある特殊な社会に限ってのことだった」

「私が諜報社会の人間だとでも……？」

「違いますか」

「違いますね。誤解もはなはだしい」

脇田は、ぼくとの会話を面白がっているようだった。自分のグラスにウィスキーを注いで、ぼくに片眼をつぶって見せると、そのウィスキーを一気に飲み乾した。

「どうです？　これでウィスキーに眠り薬が入っていないことが分ったでしょう？」

「ぼくのグラスにだけ、薬が塗ってあるのかもしれない」

「それじゃ、まるでミステリーだ」

ついに、ぼくの我慢が限界に達した。

「一体、あなた何者なんですか？　諜報社会に関係していないと言うなら、どこに関係している、と言われるんですか」

「ＮＡＳＡ……」

落着き払って、脇田はそう答えた。

「――？」

あまりに思いがけない答えに、ぼくは絶句していた――NASA……アメリカ航空宇宙局がまたどうして……？

脇田が腕を伸ばして、ぼくのグラスにウィスキーを注いでくれた。眠り薬云々のことはすっかり忘れはてて、ぼくはほとんど反射的にそのグラスを口に運んでいた。

ぼくの驚きが静まるのを、眼で確かめるようにしながら、

「もっとも、NASAの保安部の人間ですからね……仕事の都合で、CIAとつきあわなければならないこともあるし、時には、CIAと情報を交換することもある。その意味では、諜報社会に属する人間だと言えないこともないですな」

脇田が言った。

「教えてください。理亜の名を使って霊感能者を集めているのは、あなた方のしわざですか」

ぼくの口調は、自然に改まっていた。

「そうです……一応、私が指揮をまかされていますが……」

「なんのために、そんなことをするんですか」

「理亜さんの名を使わせていただいたのは、島津さん、あなたをおびき寄せるためでした……霊感能者たちを集めたのは、現実に、我々が彼らを必要としたからです」

「NASAが霊感能者たちを必要とする？　また、どうして？……」

「それは、あなたの方がよくご存じじゃないのですか。もちろん、《神》と戦うためにです——」

「え……」

　ぼくは愕然とした。確かに心臓には悪い晩だった。

　ぼくは脇田の手からひったくるようにして瓶を取り、グラスになみなみとウィスキーを満たした。気付けがわりにしては少し量が多過ぎたかもしれないが、今回の驚きから立ち直るためには、それでもまだ少な過ぎるぐらいだった。ぼくはそのウィスキーを一気に飲み乾して、

「どういうことでしょうか」

　ようやく、脇田にそう訊くことができた。

　自己弁解めくが、ぼくがこれほど取り乱すのも、無理のないことだったのだ。

　及川の所属していた機関が、CIAだったのか、それとも内閣調査室に類するものだったのか、ついにぼくは知ることができなかったのだが、少くとも彼らには《神》と戦

うという発想はなかったように思う。かつてヒトラーがそうであったように、《古代文字》を解読しさえすれば、世界をその手中に収めることができるという錯覚に踊らされて、彼らはしきりに暗躍していたのだ。ところが、このNASAの保安部に所属する脇田と名のる男は、こともなげに、《神》と戦うという言葉を口にしたのだ。

「島津さんに見ていただきたいものがあります……」

脇田はそう言うと、つと席を立ち、一方の壁をふさいでいるスチール・キャビネットに向かって歩いていった。キャビネットの最上段のボックスを引きずりだすと、ポスター大の写真のようなものを手にして、再びぼくの前に戻ってくる。

「これです」

と、脇田が机の上に拡げたのは、《古代文字》の細線スケッチを、写真にコピーしたものだった。ぼくが、あの石室で見たものとは違うようだったが、とにかく《古代文字》らしい紋様が六つ、それぞれ円に囲まれて、写されている——。

「《古代文字》ですね……」

ぼくはうなずいた。改めて訊くまでもないことだった。こいつのために、ぼくはこの一年、引きずり回され、苦しめられ続けてきたのだ。ところが、

「それが、そうではないのです」

と、脇田は首を横に振ったのだ。

「え？」

「これは、火星の運河をスケッチしたものなのです……」

「火星の……？」

ぼくはわけが分らなくなった。なるほど、そう言われてみれば、それまで単純に円と想っていた線が、惑星の輪郭であるようにも見えてくる。しかし、一見して、すぐに《古代文字》であると想った紋様が、その実、火星の運河をスケッチしたものであるとは、どうしても信じることができなかった。火星の運河だって？……

「これは《古代文字》です」ぼくは繰り返した。「それに今では、かつて火星の運河と呼ばれていたものは、実は、観測者の錯覚に過ぎない、という説が通説になっているんじゃありませんか？」

脇田は動じなかった。

「NASAで働いていると言っても、私は保安部の人間です。だから、島津さんのような科学者の方に、納得のいく説明はできないかもしれません……ですが、私が日本へ派遣されてきた任務は、一つは優れた霊感能者をスカウトすることであり、もう一つは、島津さんにNASAへ来ていただくように働きかけることでした。ですから、島津さんを説得するための一応のデーターは、来日する前に渡されているのです……火星の運河に関しては、こう説明しろと言われました――現在の火星運河錯覚説の最も強力な論拠は、火星の運河が非常に微細なものであって、望遠鏡の対物レンズの持つ分解能力を遥かに超越しているはずだということです。それでも見えると主張するのは、無理に見ようと努力するあげく、幻覚を見るからなのだ、と……しかし、この火星運河否定論は、近年になって、ピック・ドゥ・ミディ天文台を始めとして、運河らしい条紋様が幾件か写真的に記録されるようになり、力を失うことになりました。それがなんであれ、とにかく、火星の表面に条紋様が描きだされているのは事実なのです……」

「待ってください」

と、ぼくは脇田の言葉を遮った。放っておくと、彼はとめどもなくしゃべり続けそうなのだった。

「それじゃ、六五年に打ち上げられた火星探査機のクローズ・アップ写真に、運河の片鱗すら撮影されていなかったのは、どういう理由《わけ》なのですか?」

「あの写真は、火星の運河の全体を見るには、あまりに接近し過ぎて撮られています」

脇田はあっさりとそう応えた。「なにしろ、撮影区域が僅か幅二〜三〇〇ｋｍだったんですから……と言っても、誤解しないでいただきたいんですが、なにもＮＡＳＡは、あの条紋様が、火星の高等生物が築いた運河であるなどと考えていたわけではないのです。まあ、火星の活火山から噴出した火山灰が、風にでも吹き流され、砂漠に撒き散らされて描かれたのがあの条紋様である、というあたりの説を支持していたのですが……」

「……が？」

「火星の運河を、火山灰が砂漠に描きだした紋様と考えるのはかまわないとして、それを風のせいであるとするのは少し無理なのではないか——そう唱える科学者がＮＡＳＡ内部に増え始めたのです。そして、そのうちの一グループが、火星の運河と呼ばれているものは、誰かがある作為を持って砂漠に描きだしているメッセージではないだろうか、と考えました……」

「……」

ぼくの眼は、机の上に拡げられているコピーに釘付けになっている——火星の運河と説明されたその紋様は、見れば見るほど《古代文字》を彷彿とさせるのだ。赤い禍星《まがぼし》に描かれた《古代文字》……。

「すると……」

と、ぼくは呆けたようにつぶやいた。が、その後の言葉を続けることはできなかった。

脇田が話を続ける。

「ご存じでしょうが、火星の条紋様は、非常にしばしばその形を変えます。NASAから召集をかけられた言語学者たちは、今、島津さんがご覧になっている六つの紋様を、六つの文字として分析し始めました……NASAは、多勢の科学者が居て、数台の連想コンピューターを使うことができたが、対象となるサンプルは僅かに六つ。島津さんはたった独りで、使える連想コンピューターもただの一台だったが、サンプルだけは《古代文字》としてタップリ与えられていた……双方ともにハンディを与えられて、条件もそれこそ一八〇度違っていたが、どうやら結果だけは同じだったようですね……」

「《神》……」

ほとんど意識しないで、ぼくがそう呻いた時だった。

ふいに部屋が轟音を発して、大きく揺れ始めたのだ。

「地震か！」

脇田が立ち上がろうとして、身体を泳がした。床が薄紙のように波打っている。

ウィスキーの瓶が床に落ちて砕け、額縁がガタンと壁から外れた。

隣りの部屋からも悲鳴と驚声が聞こえてくる。

半ば本能的な恐怖に駆られ、ぼくもまた席を立ち——そして、信じられぬものを見ることになったのだ。

電話の受話器が蛇のようにかま首をもたげ、フワリと宙に浮いている……ほんの数瞬、ぼくと受話器はお互いに睨み合っていた——実際に、その時のぼくは受話器の凝視を感じていたのだ……そして、ぼくがハッと首をすくめた時には、受話器は電話を引っぱるようにして飛びかかってきたのだった。

背後に電話の落ちる音を聞き、ぼくは呪縛から解き放たれた。

「これは地震なんかじゃない！」

ぼくはそう脇田に叫んだ。

「確かに、地震なんかじゃない」ぼくの肩をグイッと摑み、脇田は呻くように答えた。

「騒ぐ幽霊だ……」

脇田の視線の先に眼をやり、ぼくはその眼を疑った。

非常にゆっくりとではあるが、スチール・キャビネットが動いているのだ。まるで生あるものかのように、重いキャビネットがジリッジリッとぼくたちに近づいてくる。

その時、ぼくはこの騒動の原因がなんであるかを、はっきりと覚ることができた。そ、の男の貌が、強烈な実在感を伴って、ぼくの頭に浮かんでくる。むろん、騒ぐ幽霊などなんの関係もないことだ……。

「ジャクスン！」ぼくは声を限りに叫んでいた。「帰ってきたのか、アーサー・ジャックスン！」

部屋の震動がさらに激しさを増した。壁を、窓を、チリチリと鳴らしながら、部屋はのたうっているのだ。

再び、歯車が回り始めた。今、《神》とぼくとの戦いが再開されたのだ……。

4

〈神さま、どうして私をおつくりになったのですか？……〉

という言葉で終る詩がある。自分の容貌の醜さを嘆く猿が、その詩の主題になっている。いかにもキプリングあたりが書きそうな詩だが、詩文とは縁遠い生活を送っていたぼくには、作者が誰であるかを指摘する能力はない。ただ、アメリカの教科書に採用されているというのだから、さほど難解な詩ではあるまい、という推察はつく。

ところが、ここフロリダ州オレンジ・タウンでは、その詩が採用されたために、総ての教科書がボイコットされるという騒ぎがまき起こった。その運動の中心となったのは、主に通学児童を持つ父兄たちだったのだが、神を疑うことを子供に教えるなどもってのほかだ、というのが教科書ボイコットの理由だった。

つまり、オレンジ・タウンとはそういう町なのである。町民のほとんどが敬虔なキリスト教徒であり、生活は教会を中心にして動いている。二〇マイルも車を走らせれば、ケープ・ケネディに着くというのがなにか信じられなくなるぐらい、ここの住民は一九世紀的な生活信条を固持し続けているのだ。

ぼくがオレンジ・タウンに着いたのは、一〇月ももう終りに近い頃の、真夜中のことだった。

この季節の、この時刻にも、フロリダという土地には暑い風が吹いている。その暑い風には、ムッとするようなオリーブとオレンジの匂いが籠っていた。

「本当に独りで大丈夫なのか」

町外れの街道で、車からおりるぼくに、運転席の脇田がそう念を押してきた。

「大丈夫だ……」

と、反射的にぼくは応えていたが、本心から大丈夫だと思っていたわけではない。内心、大いに不安を感じていたのだ。しかし、不安を感じていようがいまいが、あの男にはぼく独りで会う必要がある……

いや、ぼく独りで会いたいのだ。

「それより、霊感能者たちの配置に手抜かりはないだろうな？」

ぼくは訊いた。

「ああ」

と、脇田はうなずいた。「霊感能者が五人、この町の周囲にビッシリ念力を張りめぐらしている」

それだけを確かめれば、もう話すべきことはなにもなかった。ぼくは前方に見える町の灯めざして、ゆっくりと歩きだした。気をつけてな、という脇田の声が背後で聞こえた。他にもなにか言ったようだったが、強い風に吹きちぎられて、その声は定かには聞こえなかった。

町を入ったすぐの所に、煌々と明りをともした深夜レストランがあった。どうせ、泥水のようなコーヒーと、キャベツのように薄いハンバーガーぐらいしかできないだろうとは思ったが、深夜に路を尋ねるのに、店を選んではいられなかった。その店に入り、いかにも眠たそうなバーテンにコーヒーを注文すると、

「教会にはどう行けばいいのですか？」

ぼくはそう訊いた。

「教会……？」

バーテンの眠けは一遍にふっとんだようだった。ただでさえ、この町に日本人がやって来ることなど、めったにない出来事なのに、その日本人が真夜中にとつぜん現われて、しかも、教会にはどう行けばいいのか、を知りたいと言うのだ。驚いても、ふしぎはなかったかもしれない。

が、日本人であろうと、真夜中に現われようと、客であることにはなんの違いもない。バーテンはそう考えることにしたらしかった――もうツー・ブロックだけ前の路を行きなさい。そうすると十字路があるから、そこを左にまがって、まっすぐ歩くんです。教会のある広場はその先ですよ。なあに、鐘楼があるから、すぐに分りますさあ……礼を言って、ぼくは店を出た。

オレンジ・タウンには真夜中に町を歩くような人間は住んでいない。こそ泥も、娼婦もいない町を、他所者《よそもの》だけが歩いていくのだ。誰も通らぬ街路に、信号だけがむなしく点滅を繰り返していた。

教会に着いた。

アメリカの小さな町なら、どこでも見られそうな教会だった。一〇〇人も収容すれば、もういっぱいになりそうな教会で、夜眼にも白く塗られたペンキがくっきりと見えた。

ぼくは躊躇しなかった。

柵の閂《かんぬき》を外し、前庭に入り、教会のドアを開けた。

中央に通路を開け、木造りの椅子が並んでいるだけの素朴な教会堂だが、柱の手燭に燃えている蠟燭の炎が、その素朴な教会堂を、なにかこの上もなく荘厳な伽藍のように見せていた。正面の壁に描かれている磔刑のキリストが、その炎のゆらめきに陰影を変え、まるでもがき苦しんでいるかのように見えた。

説教台の上に一人の男が立っていた。ぼくが彼と会うのはこれで三度めである。そして、今回を最後の対面にするために、ぼくはこうしてやって来たのだ。

「来たのか……」

と、その男は言った。ぼくがやって来るのを事前に知っていたような口ぶりだった。知っていたとしてもふしぎはない。アーサー・ジャクスンは優れた霊感能者なのだ……。

「あなたとお話しするために……」

通路を歩いていきながら、ぼくはそう答えた。

「話をするために……？」ジャクスンが皮肉な口調で言った。「どうして、殺すためにやって来た、とはっきり言わない？」

そうなのだ。横浜の〈理亜〉でジャクスンの念力に威《おど》された時、ぼくは彼を殺すことを決意した。脇田の説得に応じて、アメリカに渡ってくるのを承知した時にも、ジャクスンを追うのにNASAの力を借りることができる、という一項をその条件に加えたぐらい、ぼくの決意は固いものだった。以来一ヵ月、NASAの機動力と霊感能者たちの念力とが功を奏して、ジャクスンもまたアメリカに戻ってきて、この町で偽名を使って、牧師を勤めていることをつきとめたのだった。

「そう、あなたを殺すためにやって来た」

と、ぼくは認めた。「個人的にはあなたにはなんの恨みもないが、しかし《神》と戦い続けることを決心した以上、あなたの存在ははっきりとじゃまになる……」

今、ぼくたちは、説教卓を間に挟んで、向かい合っていた。

「どうして分らないのだ？」ジャクスンが呻くように言った。「《神》と戦おうとしたために、あの老人は死んだんではなかったのかね……」

芳村老人――その死を、ジャクスンなりに受けとめて、評価しているらしいことは、ぼくにもよく分っている。だが、ジャクスンには、芳村老人の死がなにを意味していたのか、ついには理解しきれなかったのだ。

それだけでも、ジャクスンははっきりと有罪に価する――。

ぼくは言った。

「分らないのは、あなたの方だ。確かに、《神》は巨大な存在かもしれない……だが、戦いを続ける限り、人間が勝つことはないかもしれないが、決して負けることもない……」

「ただ、負けることがない、というそれだけのために、たくさんの犠牲を払う必要があるのだろうか」

「ある、とぼくは思いたい」

「そう思って、死んでいった人間は多い。きみも死んでいくがいい……だが、そうしてたくさんの人間が死んだところで、ただ《神》を喜ばせるだけのことだ」

「それは違う」

「どう違う、と言うのだ？」

「人間の歴史が始まって以来、《神》との戦いは続けられてきた。その戦いの歴史があるからこそ、ぼくは今、《神》との戦いを受け継ぐことができるのだ。かつて、あなたがぼくたちに語ったように、《神》と戦おうとする人間は、結局は憤怒と絶望のうちに死んでいくことになるのかもしれない。だが、彼らの憤怒と絶望に意味を持たせるためには、《神》との戦いをあきらめるのではなく、続けていかなければならないのだ……」

芳村老人の理想を、理亜《ユリア》の悲しみを、宗の怒りを、今、ぼくが受け継いでいるように。

「続けることができるなら……戦いを受け継ぐことができるなら、それも意味のあることかもしれない」ジャクスンは声をふりしぼるようにして言った。「だが、総ては徒労なのだ。戦いを受け継ぐことはできない。《神》に嘲弄されながら、舞台で踊って、多くの人間を巻き込んで敗れていく……それが、《神》との戦いの歴史の総てなのだ」

「今まではそうだったかもしれない。だが……」

だが、これからは違う、とぼくは言いたかった。言えなかった。これからのぼくの戦いも同じ結果に終ることになるかもしれないのだ。

ジャクスンがぼくの言葉を引き継いだ。

「これからは違うと言いたいのか？　どこが違う？　火星に《古代文字》が描かれているから違う、とでも言うつもりなのか」

「やはり、知っていたんだな……」

と、ぼくは口のなかでつぶやいた。ジャクスンがケープ・ケネディに近いこの町に住んでいることを知った時から、また、ＮＡＳＡの業務が《神》を冒瀆する行為である、という宇宙計画反対運動がこの町を中心にして起こった時から、ぼくはジャクスンが火星の異変に気がついていることを確信していた。

ジャクスンは唇に歪んだ笑いを浮かべている。ぼくを嘲笑おうとして、ついに笑いきることができなかったようだ。

「私には、NASAの連中は気が狂ったとしか思えない。あの星は古代から凶兆の星だったのだ……今さら、火星が凶事を告げる星だということがはっきりしたからといって、なにをどうできるものでもあるまい……」

「そうじゃない」

と、ぼくは首を横に振った。「火星の紋様を調べ始めて、まだ日が浅いから、具体的なことはなにも言えないが、今まで火星の運河として知られていたものが《古代文字》であることにまず間違いはない。それに……」

「それに、なんだと言うのだ?」

ジャクスンが苛立たしげにぼくの言葉を遮った。

「いつもの《神》のやりくちじゃないか。《古代文字》は今までだって、世界中に頻々と出現していたのだ。そして、そのために人々の間に災厄がもたらされるのを、かれは楽しんできたんだ。その《古代文字》が、今度は火星のうえに現われた……ただ、それだけの話じゃないか」

過去二回の対面で、ジャクスンはいつもぼくを威圧していた。だが、今、確かにジャクスンの方がぼくに気圧されている。ぼくは、自分がいつの間にか成長していたことを知った。むろん、霊感能者としてはジャクスンを凌いでいたであろう理亜の霊が、ぼくを守っていてくれることも、その理由の一つになっているのだろうが――。

ぼくは、ジャクスンの反駁にかまわず、話を続けた。

「それに、NASAの連想コンピューターを使って、火星の紋様を調べたところ、どうやらあれは警告を意味する言葉であるらしい、という結果が出た。どんな警告であるのかまでは、まだ分っていないが……」

「警告……?」

ジャクスンはボンヤリとつぶやいた。

「そう、警告だ」

ぼくは繰り返した。できることなら、その言葉をジャクスンの頭にたたきこんでやりたかった。

「あなたの言うように、火星に描かれた《古代文字》もまた《神》のおびき餌であるなら、そこに書かれている言葉が警告であるはずがない。他に、適当な言葉はいくらでもあるからだ……」

「しかし……」

「待ってくれ。ぼくの話はまだ終っていない……アポロ計画がほとんど中断した状態なのも、火星に有人宇宙船を飛ばすのが、非常に困難だと分ったからだ。発表されてはいないが、火星探査機でさえもその多くが失敗に終っている。しかも、NASAの科学者たちにも失敗の原因がよく分らない、という有様だった……だが、こうして火星に描かれている《古代文字》が警告の言葉であるらしいと分った以上、どうやら《神》は人類が火星に行こうとするのを妨害しているようだ、という推測がつくじゃないか。では、どうして《神》に人類の火星着陸を妨害する必要があるのだろう？」

ぼくの声は知らず高揚していたようだ。

「人間が、かれをどうこうするなど所詮不可能なことだ、とあなたは言った。だが、もし本当にそうであるとしたら、《神》のこの執拗な妨害は不自然ではないだろうか？」

ぼくの話が終った後も、ジャクスンは沈黙を続けていた。

ぼくの話が彼を説き伏せたとは思えなかったし、また説き伏せるつもりもなかった。ただ、ジャクスンが長い間持ち続けてきたある固定観念に、なんらかの衝撃を与えることができたのは確かなようだった。

やがて、咳《しわぶ》くような声で、ジャクスンが訊いてきた。

「きみの考えはどうなんだ？」

話は終りに近づいた。ぼくは胸を張って応えた。

「もちろん、断言することはできない。だが、人類が火星に着陸するということは、もしかしたら、生き物としての論理レベルが上昇することを意味しているのではないだろうか。どうしてそうなるのかも、論理レベルが上昇すると一体どうなるのかも分らないが……多分、人類は新しい種の時代へと入っていくのだろう……」

「きみはそんな夢物語を信じているのか」

「信じているのは、ぼくだけではない。同調者はNASAにも多勢いるよ……いや、NASAだけではない。ソビエトの科学者のなかにも、火星の紋様と《古代文字》との類似に気がついた者が幾人かいる。そして、火星探測の度重なる失敗と《神》との関連にも、当然気がついた――現在《いま》、《神》を出し抜くためには、米ソ協力のもとで火星着陸を成し遂げることになってもやむをえない、という気運が両国の科学者たちの間に拡がりつつある……ようやく、人類が総力をあげて《神》と戦う時がきたんだよ」

これで話すべきことは総て話した。後は、ジャクスンがどう反応してくるかを待つだけだった――自殺する気になってくれないだろうか、とぼくは願っていた。自分が手を下すのが厭だからではなく、それだけが、まがりなりにも己の信念を貫いてきたこの非凡な男が、最後の誇りを保つことのできる唯一の手段だったからである。

が、その願いはむなしかった。

黙然と俯《うつむ》いていたジャクスンが、ようやく顔を上げてぼくを見た。その眼は異様に鋭い光に溢れていた。

「馬鹿なことを……」

と呻いた彼の声は、もう人間のものとは思えなかった。「私は信じない……断じて信じるわけにはいかない……」

彼の眼光はさらに鋭さをまして――そして、ふいに狼狽するような色が浮かび、やがて驚愕の表情へと変わっていった。その数瞬の時の流れに、ジャクスンははっきりと年老いていった。

ぼくは言わなければならなかった。

「あなたは確かに優れた霊感能者かもしれない。だが、あなたは己惚れ過ぎていた。自分だけが《神》の正体を知っていると思い込んでいたのも己惚れなら、たとえ二流の霊感能者でも、数人が力を合わせればあなたの念力をも封じることができるのを忘れていたのもまた己惚れだった……」

ジャクスンの表情が醜く歪んだ。その時、彼を律していた理性が、完全に切れたのだった。獣のように喚きながら、彼は説教卓の上にある銅製燭台を摑むと、ぼくめがけて投げつけようとしたのだ。

反射的にぼくの手は腰に伸び、ベルトから拳銃を引き抜いていた。

銃声が炸裂し、ぼくの顔を熱い硝煙がうった。弾かれたようにジャクスンの身体は後ろに飛び、壁にぶつかると、そのままズルズルと崩れ折れていった。手にしっかりと燭台を握ったままで――。

ぼくもまた拳銃を握ったまま、ジャクスンの額に浮かんだ赤い点がしだいに拡がっていくのを、呆然と見つめた。

ジャクスンは生きている限り、《神》と戦おうとする人間を、妨害し続けたことだろう……殺すべきだったのだ。そう決意して、ぼくはここにやってきたはずなのだが、その決意がいざ現実となってみると、自分のとった行為がひどく醜悪なものであったかのように思えてくる。

小鳥の声が聞こえてきた。

ふと気がつくと、キリストの磔刑画のうえに、破風窓から夜明けの光がさしていた。その淡い光は、キリストの眼のうえに飛んだジャクスンの血を、ボンヤリと照らしだしていた。ただ一滴だけのその血痕は、まるで赤い泪のように、キリストの頬にしたたっていた。

キリストは己の運命を嘆いて、血の泪を流しているのか。それとも、ジャクスンの死を哀れんでのことだろうか？……

ぼくは小さくつぶやいていた。

「あなたの死を無駄にはしない」

あなた……死んでいった人たち……芳村老人、理亜《ユリア》、宗、ジャクスン、そして、二〇〇〇年前に、ゴルゴダの丘で殺された若者……あなたの死を決して無駄にはしない。

夜明けの光に照らされながら、ぼくは教会を出た。いつの日か、人類のうえに射すであろう夜明けの光も、また見ることができるだろうか、と考えながら……。

三六年目のあとがき

「神狩り」はぼくが二四歳のときに「SFマガジン」に載せてもらった。一応、デビュー作ということになっている。

一応——と書いたのは、このまえに書いて、SF同人誌「宇宙塵」に発表した「襲撃のメロディ」という作品が、幸運にものちに活字になっているからなのだ。先に執筆したほうがデビュー作になるのか、それとも先に発表されたほうがデビュー作になるのか、多少、迷うところではある。が、もちろん、それも三六年もたったいまとなっては、もうどうでもいいことにはちがいない。

三六年という歳月はすべてを洗い流してしまう。じつのところ、いまのぼくはこの作品について語るべきことなど何もない、と言っていい。当時、自分が何を考えていたのかもほとんど記憶にないのだ。いや、おぼろげに覚えてはいるが、ここに書くべきほどのことではないし、書いて意味のあることとも思えない。

この後書きにしても、何を書いていいのかわからないまま、そのうち何か思いつくだろう、と期待しながら書きはじめ、やはり何も思いつかずに途方にくれている。途方にくれなければならないほど三六年という歳月はあまりに長いと言いかえてもいいかもしれない。

一九七四年とはどんな年であったか？ 前年の第四次中東戦争の影響を受けて深刻な石油危機が起こり、それまで高度成長をつづけていた日本経済は、一転して、深刻な不況におちいった。——ぼくが就職できなかったのはそのせいだったと言いたいところだが、景気が悪かろうがよかろうが、そんなこととはかかわりなしに、ぼくはやはり就職できなかったろう。人並みに就職するにはあまりに出来が悪すぎた。——SFという面から重要なことといえば、この前年だったか、小松左京さんの「日本沈没」が空前の大ベストセラーになったことである。このことが大いにSFの認知度を高めてくれた。が、そのことが、ぼくが新人SF作家としてデビューするのを後押ししてくれたとは思えない。ぼくはファンダムとは何のかかわりもないところにいたし、鏡明さん、横田順彌さん、堀晃さんたちビッグネーム・ファンのように、諸先輩作家の知遇を得る幸運にあずかることはまったくなかった。ぼくが幸運だったのは最初、「終末曲面に骰子を投げ入れて」という作品を書いたときに、それをどうしていいのかわからないまま、早川書房に電話して、同人誌「宇宙塵」を紹介していただいたことだろう。いつもは極端に引っ込み思案で、実行力に欠けるぼくが、このときだけはなけなしの勇気を振り絞って「宇宙塵」に電話を入れた。

主催者の柴野拓美氏がどんな話をしてくださったのかはよく覚えてはいない。が、人見知りをするぼくが、自宅までおじゃましたのだから、親切に対応してくださったのは間違いない。SF界での第一の恩人は柴野さんである。柴野さんが「終末曲面に骰子を投げ入れて」を採用してくださらなかったら、いまのぼくはいなかったろう。

よくぞ採用してくださったと思う。なにしろ当時のぼくは原稿用紙の書き方も知らなかったし、どういうわけか文章ごとに毎回、改行しなければならないものと思い込んでいた。小説だけはいっぱい読んでいたはずなのに、いったい何を読んでいたのだろう、と自分でも不思議に思うほどだ。柴野さんに「あまり頻繁に改行しないほうがいいですよ」と言われても、何を言われているのか理解できなかった。はっきり、馬鹿だった、としか言いようがない。中学生、いや、小学生にも劣る。

そんなわけで柴野さんには、どんなに感謝してもしきれないのに、ろくに恩返しもできないままだった。それどころかある年齢以降は連絡もしなかった。柴野さんがお亡くなりになったと聞いたときには後悔の念が強かったが、これで後悔しなかったら人間ではないだろう。

柴野さんは、何人もの人をプロダムに押しあげたが、その後、決まってその作家と疎遠になったという。柴野さんはご自分でそれを「自分の持ち味だから」というふうにおっしゃっていて、たとえば大物作家の文章でさえデビューまえには直したことがあって、それを当の作家が苦々しく思っていた、からだと理解なさっていたようだ。あるいは柴野さんのなかで作家もファンの延長だという思いをどうしても拭い去ることができずに、そのことが柴野さんをしてプロ作家から遠ざけることになった、ともお考えになっていたのではないかとも思う。

だから、ぼくが柴野さんと疎遠になったのも、ご当人はそのせいとお考えになっていたのではないか、と思うのだが、ぼくは柴野さんに文章を直していただいたり、そのほか構成を直したりしていただいたのを恩義にこそ思え、怨んだりしたことは一度もない。そうした意味での自意識は生まれつき、ぼくには欠けている。

第一作の「終末曲面に骰子を投げ入れて」、第二作の「襲撃のメロディ」は、「宇宙塵」の合評会で、すさまじいほどの総攻撃を受けて、その最先鋭となったのは現評論家の永瀬唯氏だったが、そのことで永瀬氏を悪く思ったことは一度もない。合評会の席上、あまりの酷評にあっけにとられ、事実、それは後になって「注目作だからああして一斉攻撃されるんですよ」と柴野さんに慰められるほどのものだったのだが、ぼくはただあっけにとられただけで、酷評されたそのこと自体は腹も立たなければ落胆することもなかった。

いまにいたるまで、誰かに自作を批判され、ときに悪罵としか言いようのない酷評を受けても、そのことでその人を悪く思ったことは皆無だ。もっとも、それは褒められても感謝したことがない、という裏返しでもあって、褒めたり褒められたり、あるいは批評バーター、という業界の暗黙のルールに気がつきもしなければ、ほとんど気にしたこともない。自分でも気がつかないうちに諸先輩に対して非礼を犯しもしたし、ずいぶんと作らなくてもいい敵を作ったようにも思う。

ちょっと、このあたり話がくどくなって申し訳ないが、「神狩り」のことを書こうとすれば、どうしても「宇宙塵」の柴野さんに言及せざるをえない。恐縮だが、もうすこしこのまま話をつづけさせてもらいたいと思う。

柴野さんと疎遠になって何年かして、何かのパーティでお目にかかる機会を得た。そのときにはさすがに業界事情に疎いぼくも、柴野さんと諸先輩の一部の方との間に感情

のしこりのようなものがあることに気がついていて、ぼく自身はそんなことはありませんよ、という意をこめて、

「何でもおっしゃってください、ぼくにできることでしたら何でもしますから……」

というようなことを言ったのだが、それに対して柴野さんは、

「それじゃSF作家クラブに入れてもらえませんか」

とおっしゃった。

ぼくはそれに対して、とっさに何もいうことができずに、ただ、あっけにとられたのだが、そのときの柴野さんの笑いは——できもしないことを軽薄に言いやがって——という嘲笑の意がこもったものだったはずなのだ。が、これにかぎって言えば、柴野さんの完全な誤解である。

ぼくがそのときあっけにとられたのは、柴野さんほどの人が、まだそんなことを気になさっているのか、という純粋な驚き以外の何物でもなかった。日本SF作家クラブに入れていただいた当初こそ、並み居る大物先輩作家に萎縮して小さくなっていたが、柴野さんとそのお話をしたときには、ぼくのなかで日本SF作家クラブの存在はそれほど大きなものではなくなっていた。柴野さんを新入会員として推薦するぐらいは何でもなかったし、そのことに反対意見が出るのだったら、事前にそうならないように根回し

（成功したかどうかはともかくとして）するぐらいの知恵はついていた。柴野さんから受けた恩義を考えれば、それぐらいのことはすべきだったし、して当然だった。が、そのあと柴野さんはさっさとどこかに行かれたように記憶している。たぶん、こんな口先ばかりの男と話をつづけても仕方ない、と思われたのにちがいない。

いまも、ぼくが後悔しているのは、どうしてあのあと柴野さんに連絡をとらなかったのか、ということだ。人見知りにもほどがある。柴野さんに連絡し、ほんとうにSF作家クラブにお入りになる意志がおありになるかどうか、それを確認すべきだった。そして、その意志がおありなのであれば、そのために奔走すべきだった……それをぼくは怠った。ぼくが自分を冷淡な人間としてどうしようもないまでに嫌っているのはこうしたところがあるからだ。ぼくには根本的に人の気持ちがわからないところがある。ぼくはいまも昔も孤独のきわみで生きているが、それもいわば自業自得というものだろう。

第三作「神狩り」を「宇宙塵」に持ち込んだとき、そのあまりの長さに閉口なさったのか、あるいはどこか見所があると思っていただいたのか、柴野さんはご自分一人の判断で、SFマガジンに持ち込んでくださった。そして幸いなことに、それを当時の編集長・森優氏が気にいってくださり、SFマガジンに掲載の運びとなった。だから、ぼくの第二の恩人は森優氏ということになる。ぼくはのちになって生意気にも、恩知らずにも、自分は一度も原稿の持ち込みをしたことがない、と豪語することになるが、それは正確には事実と違う。ぼくのかわりに柴野さんがSFマガジンに原稿の持ち込みをしてくださったのだ……。

柴野さんがお亡くなりになったいま、ぼくはあらためて柴野さんがいらっしゃらなければ「神狩り」が世に出ることはなかったろう、という事実を嚙みしめている。その事実は、とうとう柴野さんの恩義に報いることができなかった、という苦い悔悟の思いと裏腹になっている。

いまさらどうしようもないのか。たぶん、どうしようもないのだろう。ぼくは「神狩り」がこの世にあるかぎり、自分が生きているかぎり、その苦い思いを嚙みしめて、生きていくほかはないのだ。

呪文を解く

作家
神林長平

神狩り、とはまたなんと魅力的なタイトルか。本書にかんしてまったく予備知識のない人間にとっても刺激的に感じられるに違いないが、読後、それがそのとおり、内容を直截に表しているものなのだと解釈するときの感覚ときたら、それは〈衝撃〉だ。

この〈神〉とは、「光あれ」という言葉でもって光を生みだした、あの神のことである。全能にして絶対的な存在。それを、狩るというのだ。挑むでも殺すでもない、狩る。

それで、神狩り。なんとも畏れ知らずなタイトルに見えるが、畏れを意識しつつ、それでもこうして実現させる手段は、ある。畏れを〈怒り〉でねじ伏せる、という方法が。

若き日の山田正紀は、おそらくそのようにして、叩きつけるように、このタイトルを記したに違いない――そう想像するとその気迫がまた衝撃として私には感じられるのだが、でも本書から受けるインパクトは、その度合いも内容も意味も、読者その人の境遇や年齢や人生経験によって、おおきく異なるだろう。

なにしろ本作「神狩り」は山田正紀のデビュー作であり、初出は一九七四年の『SFマガジン』である。それから一世代の時を超えるいまや、読者の時代感覚というものが共有されない。それゆえ、たとえば当時の日本SF界に本作が与えた衝撃というのは、この新装版を初めて手にする若者にとっては想像するしかないだろう。「神狩り」は日本SF界の至宝ともいわれる作品なのだが、でもそうした書誌的な本作品の価値というのは、当時まだ生まれていない人間もいまこうして新しい版を手に取ることができるという事実によって、私があらためて説明するまでもなく、だれにでもわかる自明的なことだ。

そう、「神狩り」という作品は、それ自体が、他から称揚される場から独立して自らを成立しうる力を持っているのであって、それはつまり、二十一世紀という現在を生きている人間が、現代エンターテインメント作家の第一人者である山田正紀という著者のことを全く知らずに本書を手にしたとしても、その読者なりの〈衝撃〉を体感させることができる作品だ、ということである。

ではどのような〈衝撃〉なのか。前述したようにそれは一括りにはできないものだからして、ならば私は、私が本作から受けた〈衝撃〉について語るとしよう。この作品を前にして私にできることといったら、それだけなのだから。となれば、語り手の私は何者なのかということから始めなくてはなるまい。

山田正紀が本作でデビューした五年後、私もSF作家という道を歩き始めた。かつて私が作家で身を立てようと決意し小説らしきものを書いてはあちこちの新人賞に応募していたころ、山田正紀はすでに確固たるSF作家であって、あこがれの対象だった。私が運良くデビューできたのが一九七九年だから、そのときすでに、「神狩り」三部作を成すという『弥勒戦争』（七六年）と『神々の埋葬』（七七年）も上梓されていたことになる。

だが、白状しなくてはならないのだが、それらを私はじっくりと読んだことがないのだ。「神狩り」については本稿を書くため、今回もちろん腰を据えて読み通したが、それ以前にいつ読んだかは、思い出せない。拾い読みはしている気はするが、通読した記憶がないのだ。でも本棚からはずっと出してこれたので、「神狩り」はいつも私の近くに、いつでも読める状態にあった、それはまったく確かなことだ。おそらく三十年以上、お守りのように、ずっと。

お守り袋は滅多に開けるものではない、護符の中身を確かめるのは畏れ多い――という喩えは「神狩り」への私の想いを説明するのにぴったりだ。お守りに封じ込められているのは山田正紀が唱えた呪文であり、その威力を当時の私はよく知っていた。「想像できないことを想像する」と山田正紀は言った。「神狩り」はそれを実現した書物に違いなかった。私にはそれこそ衝撃的な言葉だった。山田正紀は、自らのあとにデビューするSF作家たちに向かって、想像できないことを想像せよ、と言ったも同然なのだ。それは私にとってまさしく呪文だった、護符に記して封印したくなるような。この呪文を忘れないかぎりSF作家でいられるだろう、だがこんな呪文は山田正紀だから使いこなせるのであって、自分にはどのようにしてそんなことが可能だろう？

結局は、自分で見つけていくしかないのだ。当然だろう、私は私であって山田正紀でない以上、当たり前のことだ。が、それはそれとして、では私はそれを見つけただろうか？

想像できないことを想像するには、想像し続ける他はない。それには書き続けることだ。それしかない。想像＝創造なのだ。

それが、私が見つけた答だ。その答で間違いなさそうだと納得がいくまでに三十年かかったが。ということは、私がSF作家を続けてこれたのはこの呪文のおかげだ、とも言えるだろう。そのような効能を持つ言葉を〈箴言《しんげん》〉という。

この山田正紀の名言は、たとえ将来SFというジャンルがなくなったとしても、その時代のクリエータを目指す若者に対する効力を依然として持ち続けるだろう。聡明な者ならばその効果を実感するのに三十年も必要としないだろう、とも思う。

呪文や箴言などという見方はやめて客観的に解釈するなら、それはようするに、若き山田正紀自身の、自分は第一級のSF作家を目指しているという自負であり、同時にその行く道の困難さも自覚している、と、そういう気概を表明した言葉である。当時の私もそうした含意は感じ取っていたはずだ。しかしそのときの私は、なぜ山田正紀はそのような決意を述べたのか、その発言の意味するところはなにか、よりも、その言い回し自体の美しさ、つまり表面的なレトリックのすごさに、まいってしまったのだ。なんてカッコいい言い方だろう、簡単明瞭にしてなおかつ含蓄が深そうな、このような修辞を駆使する作家にはどうすればなれるだろう、彼の著作を読めばそこにこうしたすごいものが書かれているのだろうが、でもそれは山田正紀だからできることであって自分は彼ではない、ではどうすればいいのか。

また先と同じ問いになり、その答えもまた同じだ。自分なりに探っていくしかないのであって、その答を「神狩り」の内部に求めても無駄だ。答は、「神狩り」という作品の中ではなく、その存在自体にあるのだ——と、そのように思うのは今の私であって、昔の私は、そんな小難しい理屈はこねなかった。もっと直情的でナイーブだった。山田正紀がすごいというのは件《くだん》の名言で十分以上にわかっていたから、そういう人間が書いた物は怖くて読めなかったのだ。すごい作品に決まっているのだから、読めば自分の書いている物が色あせて見えて自信が挫けるだろうし、もし駄作だと感じたとしたら、それはそれで自分が信じていた呪文の霊験が消えていく喪失感に襲われるだろう、だから、どちらにしても、読めない。そういうことだったのだ。

では今回、実際に読んでみての感想はどうだったか。現在の私はナイーブさを失い、そのことを爽快だと思えるほどに歳を食って図太くなったので、この「神狩り」を読み込むことにかつての禁を破るような、タブーを犯すといった、そうした感じは抱かなかった。

で、読みながらずっと感じていたこと、それは、ある種の既視感だ。ここには自分がいる、という。かつてのナイーブな自分がもし本作を読んだとしたら、そのときもおそらく同じような既視感を覚えただろうと想像できるが、その感覚は今の私のものとは違い、物語上の表面的な事柄に対してだったろう。

たとえば、人間には読み解くことのできない言語の存在を夢想すること、とか。それを連想コンピュータという最新のSF的想像力を反映した技術を使って証明させよう、といったところとか。

新人作家、とくにSF作家には、仮想言語を自ら生み出しそれを駆使して自分なりの世界を構築したい、という欲求を持つ者が少なくない。かつての私が、そうだった。作家は小説を書くことでその創作世界における神の立場になれるわけだが、このとき書かれる言葉とはいうまでもなく現実の日本語なりの自然言語だ。現実世界では自然には逆らえないのであり、〈神＝言語〉そのものにはなれない。〈言語〉そのものを生み出したいという欲求というのは、本物の〈神〉と同じ次元に立ちたいという野望に通じるものだろう。

本作「神狩り」の〈神〉にそのようなメタファを見出す読み方は、もちろん可能だ。たとえば――〈神〉を狩るというのはつまり、まったくの自分の意思だけで小説を支配し成立させたいという欲求にほかならない、言葉で何でもできる〈神〉に操られるのを拒否し、書かれる側ではない、書く側になるぞ、という、これは宣言の書なのだ、まさしくデビュー作にふさわしい――といった解釈が、他にいくらでもできよう。

だが、私が覚えた既視感はそのような分析的な読み方から生じたものではなくて、主人公の葛藤や焦燥に共感してのことなのだ。

世界ときちんと対峙しなくては充実した人生を送ることはできない。それはわかっているというのに、世界というものの正体が見えない。見えないが確かな支配力を持っているというのは感じられる。自分にとって脅威にもなるだろうことはわかるが、見えない相手とどう闘っていいのか、見当もつかない……

これは本作が書かれていた時期の私の姿なのだが、この〈世界〉を〈神〉に置き換えれば、そのまま本作の主人公の心的状況を紹介する解説文になる。これこそが、私にとってのいちばんの〈衝撃〉だったのだ。

あなたの〈衝撃〉感は、むろん私のこの感覚とは違うだろう。読み手によって異なるとはいえ、しかしそれを最大限に味わえる読み方については助言することができる。

本書における〈神〉とは何の隠喩であろうかなどということは考えずに、書いてあるままに読むことだ。私がここで言いたいのはただそれだけであって、あとは蛇足にすぎない。傑作に対する解説とは、そういうものである。

本書は、一九七六年一月にハヤカワ文庫JAより刊行された『神狩り』の新装版です。

日本SF大賞受賞作

上弦の月を喰べる獅子 上下
夢枕　獏

ベストセラー作家が仏教の宇宙観をもとに進化と宇宙の謎を解き明かした空前絶後の物語。

戦争を演じた神々たち［全］
大原まり子

日本SF大賞受賞作とその続篇を再編成して贈る、今世紀、最も美しい創造と破壊の神話

傀《く》儡《ぐつ》后《こう》
牧野　修

ドラッグや奇病がもたらす意識と世界の変容を醜悪かつ美麗に描いたゴシックSF大作。

マルドゥック・スクランブル（全3巻）
冲方　丁

自らの存在証明を賭けて、少女バロットとネズミ型万能兵器ウフコックの闘いが始まる！

象《かたど》られた力
飛　浩隆

T・チャンの論理とG・イーガンの衝撃――表題作ほか完全改稿の初期作を収めた傑作集

珠玉の短篇集

五人姉妹
菅　浩江

クローン姉妹の複雑な心模様を描いた表題作ほか〝やさしさ〟と〝せつなさ〟の9篇収録

レフト・アローン
藤崎慎吾

五感を制御された火星の兵士の運命を描く表題作他、科学の言葉がつむぐ宇宙の神話5篇

西城秀樹のおかげです
森奈津子

人類に福音を授ける愛と笑いとエロスの8篇　日本SF大賞候補の代表作、待望の文庫化！

夢の樹が接げたなら
森岡浩之

《星界》シリーズで、SF新時代を切り拓く森岡浩之のエッセンスが凝集した8篇を収録

シュレディンガーのチョコパフェ
山本　弘

時空の混淆とアキバ系恋愛の行方を描く表題作、SFマガジン読者賞受賞作など7篇収録

神林長平作品

あなたの魂に安らぎあれ

火星を支配するアンドロイド社会で囁かれる終末予言とは!? 記念すべきデビュー長篇。

帝王の殻

携帯型人工脳の集中管理により火星の帝王が誕生する——『あなたの魂〜』に続く第二作

膚《はだえ》の下上下

無垢なる創造主の魂の遍歴。『あなたの魂に安らぎあれ』『帝王の殻』に続く三部作完結

戦闘妖精・雪風〈改〉

未知の異星体に対峙する電子偵察機〈雪風〉と、深井零の孤独な戦い——シリーズ第一作

グッドラック　戦闘妖精・雪風

生還を果たした深井零と新型機〈雪風〉は、さらに苛酷な戦闘領域へ——シリーズ第二作

神林長平作品

狐と踊れ

未来社会の奇妙な人間模様を描いたSFコンテスト入選作ほか六篇を収録する第一作品集

言葉使い師

言語活動が禁止された無言世界を描く表題作ほか、神林SFの原点ともいえる六篇を収録

七胴落とし

大人になることはテレパシーの喪失を意味した――子供たちの焦燥と不安を描く青春SF

プリズム

社会のすべてを管理する浮遊都市制御体に認識されない少年が一人だけいた。連作短篇集

完璧な涙

感情のない少年と非情なる殺戮機械との時空を超えた戦い。その果てに待ち受けるのは？

ハヤカワ文庫

ススキノ探偵／東直己

探偵はバーにいる

札幌ススキノの便利屋探偵が巻込まれたデートクラブ殺人。北の街の軽快ハードボイルド

バーにかかってきた電話

電話の依頼者は、すでに死んでいる女の名前を名乗っていた。彼女の狙いとその正体は？

向う端にすわった男

札幌の結婚詐欺事件とその意外な顚末を描く「調子のいい奴」など五篇を収録した短篇集

消えた少年

意気投合した映画少年が行方不明となり、担任の春子に頼まれた〈俺〉は捜索に乗り出す

探偵はひとりぼっち

オカマの友人が殺された。なぜか仲間たちも口を閉ざす中、〈俺〉は一人で調査を始める

原尞の作品

そして夜は甦る

高層ビル街の片隅に事務所を構える私立探偵沢崎、初登場！　記念すべき長篇デビュー作

直木賞受賞

私が殺した少女

私立探偵沢崎は不運にも誘拐事件に巻き込まれる。斯界を瞠目させた名作ハードボイルド

さらば長き眠り

ひさびさに事務所に帰ってきた沢崎を待っていたのは、元高校野球選手からの依頼だった

愚か者死すべし

事務所を閉める大晦日に、沢崎は狙撃事件に遭遇してしまう。新・沢崎シリーズ第一弾。

日本冒険小説協会賞最優秀短編賞受賞

天使たちの探偵

沢崎の短篇初登場作「少年の見た男」ほか、未成年がからむ六つの事件を描く連作短篇集

著者略歴　1950年生，明治大学政経学部経済学科卒，作家　著書『エイダ』『ミステリ・オペラ』（以上早川書房刊）他多数

HM=Hayakawa Mystery
SF=Science Fiction
JA=Japanese Author
NV=Novel
NF=Nonfiction
FT=Fantasy

神《かみ》狩《が》り

〈JA994〉

二〇一〇年四月十日　印刷
二〇一〇年四月十五日　発行

（定価はカバーに表示してあります）

著者　山《やま》田《だ》正《まさ》紀《き》
発行者　早川　浩
印刷者　矢部一憲
発行所　株式会社　早川書房

郵便番号　一〇一‐〇〇四六
東京都千代田区神田多町二ノ二
電話　〇三‐三二五二‐三一一一（大代表）
振替　〇〇一六〇‐三‐四七七九九
http://www.hayakawa-online.co.jp

乱丁・落丁本は小社制作部宛お送り下さい。
送料小社負担にてお取りかえいたします。

印刷・三松堂株式会社　製本・株式会社川島製本所

ISBN978-4-15-030994-7 C0193

＊本書は活字が大きく読みやすい〈トールサイズ〉です